腹黒聖王様の花嫁は、ご辞退させていただきたく

小出みき

gabriella

腹黒聖王様の花嫁は、ご辞退させていただきたく

contents

gabriella

イラスト／氷堂れん

腹黒聖王様の花嫁は、ご辞退させていただきたく

序章

「失礼します……」

　そうっとゾフィーは書庫の扉を開けた。半地下の書庫は薄暗い。明かり取りの窓から射《さ》し込《こ》む光が届くのは、せいぜい部屋の中程まで。

　書庫の隅にランプが灯《とも》っていることに気付いて、ゾフィーはそちらへ歩いて行った。古い記録が並ぶ一角《いっかく》にランプが吊《つ》るされている。そこに人の姿はない。

「こっちだよ」

　やわらかな声音に振り向くと、明かり取りの窓の下ですらりと背の高い人物が閉じ合わされた書類を手に微笑《ほほえ》んでいた。漆黒の髪が間接光でほんのりと輝いて見える。

「エンデュミオン様」

　ホッとして歩み寄ると、彼は蒼《あお》い瞳を柔和に細めた。

「どうかした？」

「いえ、あの、すみません。招待状の返信を、確認していただきたくて……。秘書室に誰もいないんです」

「ああ、またサボってるんだな」

　さして気にしたふうもなく言い、書類を手近な棚に置いて手紙を受け取る。宛て名と返信内容をひとつひとつ確認して彼は頷《うなず》いた。

「うん、これでいいよ。それにしても、ゾフィーの文字は本当に綺麗《きれい》だね」

「恐れ入ります」

「そんなに畏《かしこ》まることないのに」

　くすくす笑うエンデュミオンを、頬《ほお》を染めながら見上げる。何度見ても彼の美貌にはドキドキしてしまう。ましてやこんなふうに上から光が射している状況だと、今まさに天界から舞い降りた天使のよう……。

「何かお探しものですか？　お手伝いしましょうか」

「いや、私もサボっているようなものさ。ひょっとしたらどこかに紛れ込んでいるんじゃないかと時々探してるんだ。十一年前の『療養』の記録を」

　ハッとゾフィーは息をのんだ。エンデュミオンはふたたび手にした書類をパラパラ捲《めく》ってしんみりと嘆息した。

「やはり破棄されてしまったらしい。当時の記録を見れば、なくした記憶を取り戻す手がかりになると思ったんだが」

「……すみません」

「どうしてゾフィーが謝るんだい？」

不思議そうにエンデュミオンが首を傾《かし》げる。澄んだ蒼い瞳が眩《まぶ》しくて——胸が痛い。

「わたし、お役に立ててませんよね……。思い出すお手伝いをするために、聖王庁《せいおうちょう》に来たはずなのに」

「そんなことないさ」

くすりと笑って彼はゾフィーの胡桃《くるみ》色の髪を優しく撫《な》でた。

「ゾフィーが側にいてくれるだけでホッとして胸が温かくなるんだ。たとえ思い出せなくても、きみと過ごした日々がすごく楽しかったという証拠じゃないか」

「だと……いいんですけど……」

おずおずとゾフィーは微笑んだ。

十一年も前、しかもわずか一月《ひとつき》だ。それはゾフィーにとってかけがえのない思い出。エンデュミオンにとってもそうであってくれれば嬉《うれ》しい。

でも。

少しだけ、不安になる。

あのとき彼はひとりではなかったから……。

彼がすべてを思い出したら、どうなってしまうのだろう。

わたしは。彼は。

そして、もうひとりの『彼』は——。

第一章　空気令嬢と悪魔の王子様

クリーゼル枢密卿《すうみつきよう》の娘ゾフィーは幼い頃から影が薄かった。

おそらく目立たない容姿のせいだろう。胡桃色の髪と琥珀《こはく》色の瞳は派手とは言えず、顔立ちも不細工ではないが美人というには地味すぎた。あえて挙げるとすれば睫毛《まつげ》はけっこう長いほうだと思う。残念ながら、そのぶん鼻は低め。

かくれんぼなどしていると大抵忘れられ、食事時まで思い出されることはない。逆に言えば食事の時間になれば必ず思い出してもらえる。それがわかっているので、ゾフィーは気にせず隠れ場所で一人遊びをしていることも多かった。生来のんきな質《たち》なのだ。

そんなゾフィーが九歳になったある日のこと——。

いつものように庭の四阿《あずまや》で好きな本を読んだり落書きをして遊んでいると、派手にお腹《なか》が鳴った。周囲には誰もいない。よくあることだからいいとして、なんとなく変な感じがする。

ふつうなら腹時計が鳴る前に家族が総出で捜しにくるはずなのに。

夕焼け空の下、きゅるきゅる鳴りまくるお腹をさすりながら屋敷へ戻り、晩餐《ばんさん》用の食堂に行くと立派な長テーブルの端で父がひとりで食事をしていた。母も兄弟姉妹もいない。

みんなどこへ行ったのかしら……と首を傾げつつ、いつもの自分の席に座ると、物音でふと眼《め》を上げた父が飲んでいたスープにいきなり噎《む》せた。

「ゾ、ゾフィー⁉ 何故《なぜ》ここにいる……⁉ 別荘に行ったのではないのか⁉」

ゴホゴホと咳《せ》き込《こ》みながら父は涙目になって尋ねる。

「別荘？」

「しばらくの間お母様と子どもたちとで海辺の別荘へ行くことにしただろう。まさか……その話をしたとき、いなかったのか……⁉」

「わたしは聞いてません」

恬淡《てんたん》と答えると、父はがくりと肩を落とした。

「これからは大事な話をするときはまず点呼をしないといけないな」

「お気になさらず、お父様」

深い溜息《ためいき》をつく父が気の毒になって慰める。

「ゾフィーや。言っておくが、けっしておまえを無視したわけではないのだよ。家族の誰も、おまえを忘れてなどいない。ただその、時折、何故だかわからんが……意識からすっぽりと抜けてしまってな」

「大丈夫です、お父様。ごはん時になれば思い出してもらえますから」

「うむ……。きっと別荘では大騒ぎになっているな」

父は壁際に控えていた給仕に命じてゾフィーの食事を用意させた。今回、誰も捜しに来なかったのはゾフィーが屋敷にいない、いないと思い込んでいたからだ。忘れられたわけでも無視されたわけでもないとわかり、ゾフィーは安心して食事をした。そもそも忘れられて別荘に連れていってもらえなかったことは、まぁ考えずにおこう。

「明日、お母様が迎えの馬車を寄越《よこ》すだろう。寂しいだろうが今夜はひとりで休みなさい」

乳母《ナニー》も子供部屋付メイド《ナーサリー》も母たちに付いていってしまったが、他のメイドは残っているから不自由はない。

取り残された娘を憐《あわ》れんだのか、気がつかなくて悪いと思ったのか、父は特別にデザートに甘いプディングを食べさせてくれた。それからメイドを呼んでゾフィーの世話をするよう言いつけた。

ゾフィーはふたつ年下の妹と同じ寝室で寝ている。ひとりで寝るのが初めてのせいか、ベッドに入っても落ち着かず、なかなか眠気が訪れない。

ただ横になっているのも退屈で、ゾフィーはむくりと起き上がった。ランプをつけて本でも読もうかなと火打ち金《がね》を探して抽斗《ひきだし》を手さぐりしていると、何やら外から物音が聞こえてきた。

暖かい季節なので風を通すために窓は少し開いている。子ども部屋は三階だ。薄手のカーテンの隙間からそっと覗《のぞ》いてみると、庭に灯《あかり》が見えた。ゆらゆらと揺れながら動いている。

（ランタン……？）

夜空に浮かぶ三日月に照らされて、黒衣の一団がしずしずと庭を進んでいた。別館に向かっているらしい。

屋敷を抜け出したゾフィーは植え込みに隠れながら後をつけた。じゃらじゃらと異様な物音が響いている。

黒衣の一団は大人ばかりだが、真ん中にひとりだけ子どもらしき人物がいた。背格好は五歳上の兄と同じくらい……十四歳かそこらだろうか。

その人物は手に枷《かせ》を嵌《は》められ、足首を鎖《くさり》で繋《つな》がれていた。不気味な金属音は、その人物が歩くたびに鎖が敷石《しきいし》にこすれてたてる物音だったのだ。

歩くには支障のない長さがあるようだが、それにしたってひどい。憤《いきどお》っていると、いきなりその人物が足を止めた。目深くかぶった頭巾《ずきん》の下から鋭い視線がゾフィーを射抜く。

（気付かれた……？）

思わず息を詰《つ》めた。ふつうにしていたって黙っていれば気付かれないことがほとんどなのに。物陰に身をひそめていて見つかったためしはまずない。

その人物の背後にいた大人が苛立《いらだ》ちもあらわに背中を押した。邪険なしぐさに小さな身体がぐらりと揺れる。横に並んでいた大人が『やめなさい』と小声でたしなめた。

（お父様……？）

父は身をかがめて子どもに囁《ささや》きかけたが何を言ったのかはわからなかった。

ふたたびじゃらりじゃらりと鎖の音が響く。視線はゾフィーに向いたままだ。うつむきながら、頭巾の下でこちらをじっと凝視《みつ》めている。

やがて限界に達したのか、ふつりと視線は途切れた。一瞬迷ったけれど、ゾフィーは意を決して行列に付いていった。

予想どおり一行は別館に入っていった。植え込みの陰で息を殺していたゾフィーは、全員が館《やかた》のなかに入ると戸口脇の壁に貼りついた。

そろりと内部を窺《うかが》い、誰にも気付かれていないことを確かめてから忍び足で入り込む。この別館はほとんど使われていない。大抵の来客は本館の客間に泊める。

ここは大勢のお客が一度に押しかけるような行事用で、以前ここに住んでいた人物が大規模な催《もよお》し物を好んだために建てられた。ゾフィーの両親は大がかりなパーティーよりも家族水入らずで過ごすほうを好むけれど、真面目《まじめ》な父はいつでも使えるように手入れを怠らず、定期的に掃除や空気の入れ替えをさせていた。

ゾフィーの父フェルディナント・クリーゼルは、聖教会《せいきょうかい》の枢密卿という高位の役職にあると同時に高名な学者で、かつては聖王庁に住まう公子《こうし》様の家庭教師をしていた。現在でも父の講義を聴講するため学生や研究者がまとまって訪れることがあるが、集中講義が行われるのは秋の終わりから冬のあいだで、今はその時季ではない。

鎖の音はじゃらじゃらと階段を上がっていく。様子を窺いながら後をつけると、一行は客間のひとつに入っていった。しばらく大人たちの言い争うような声が聞こえたが、やがて静かになり、ぞろぞろと一行が出てきた。鎖の音はもうしない。あの人物は部屋に残ったのだ。

扉に手をかけて、父が室内に声をかけた。

「鍵は閉めないでおきます」

「勝手にしろ」

吐き捨てるような声が返ってくる。とてつもなく不機嫌でありながら凛《りん》と澄んだ少年の声だ。

「朝になったらお世話する者を寄越します。おやすみなさいませ」

父がそっと扉を閉めると、大人たちが不満げな声を上げた。

「鍵をかけるべきだ。逃げ出したらどうする⁉」

「逃げないと彼は誓いました」

「悪魔の誓いを信じるのか⁉　悪魔は真っ赤な二枚舌、嘘《うそ》をつくものと決まっておる！」

(——悪魔？)

ゾフィーは目を瞠《みは》った。鎖に繋がれたあの少年が、悪魔？

「あの状態でどうやって逃げるというのです？」

「悪魔だぞ⁉　眷属《けんぞく》を呼び出して鎖を解かせるくらい、造作《ぞうさ》もなかろう！」

「ならばそもそもおとなしくここまで連れて来られたとは思えませんな。そんなに心配なら扉の前で寝ずの番でもしてはいかがか」

相手はぐっと詰まり、憤然と鼻息をついた。

「冗談ではない。我々は帰る！　後は貴卿《ききょう》の責任だ。さっさと悪魔を追い祓《はら》え！」

「そのような技能は持ち合わせておりません。自然と抜けていくのをのんびり待ちますよ」

「失敗したら聖王庁への復帰はないと覚悟しろ……！」

「もとより復帰の希望など出しておりません」

大人たちがぞろぞろと階段を下りていくのを、ゾフィーは物陰にひそんでやり過ごした。

階下で扉の閉まる音が重々しく響く。うずくまっていたゾフィーは立ち上がると扉の下から洩《も》れる灯を頼りにそろそろと近づいた。

ためらっていると、なかからさっきの少年の声がぶっきらぼうに響いた。

「そこにいるのはわかってるぞ。とっとと入ってこい」

びくっとゾフィーは身体をこわばらせた。睨《にら》まれたと感じたのはやはり錯覚ではなかったのだ。後をつけているのも気付かれていた。

扉を細く開いて隙間から室内を覗くと、天蓋《てんがい》つきの大きな四柱式寝台に縛りつけられている少年の姿が目に飛び込んできた。その顔を見たとたん、ゾフィーはぽかんとなった。知っている顔だったのだ。

うなじにかかる艶《つや》やかな黒髪。晴れ渡る蒼穹《そうきゆう》を思わせる澄んだ瞳。雪花石膏《アラバスター》のごとき輝きを秘めた肌色。天上の名匠《めいしよう》が丹精込めて彫りあげたかと思われる完璧なバランスの目鼻だち……。美少年などという言葉が卑俗に感じられるほどの端麗な美貌が、じっとゾフィーを凝視《みつ》めていた。青ざめた薔薇《ばら》のような唇を頑《かたく》なに引き結んで——。

一昨年、一度だけ言葉を交わし、いつかまた会いたいとひそかに憧れていた存在が、まさしく目の前にいた。

聖《せい》公子エンデュミオン。聖王と尊称される宗教界のトップ、聖公爵の嗣子《しし》だ。

「ど……どうしてエンデュミオン様がここに？　しかも鎖につながれて……!?」

混乱するゾフィーに彼はムッと顔をしかめた。

「俺はエンデュミオンではない！」

「えっ……。でもエンデュミオン様の顔だわ。わたし、覚えてるもの。二年前に会ったのよ。この地方に行幸《ぎょうこう》されて、うちにお立ち寄りになったの」

少年は鼻にしわを寄せて嘲笑《あざわら》った。

「ああ、あのときのガキか……。こいつ、こいつの目の前で派手にすっ転んだっけな」

ゾフィーは赤くなった。

存在感希薄なゾフィーはあのときも周囲の人たちの目に留《と》まらなかった。人波に押され、よろけてべちゃっと地面に倒れ臥《ふ》した。それも聖公子様の真ん前で。彼に差し出そうとした四つ葉のクローバーはかろうじて死守したが。

驚いた聖公子は急いでゾフィーを助け起こし、顔についた泥を真っ白なハンカチで丁寧に拭《ぬぐ》ってくれた。そして地面に打ちつけたおでこや鼻の頭にそっとキスしてくれた。

一生懸命探してきた四つ葉のクローバーも『ありがとう、大切にするよ』と笑顔で受け取ってくれた。

帰り際だったので、彼はお供に急《せ》かされて馬車に押し込まれ、交わせた言葉はそれだけだ。

しかしゾフィーの手許《てもと》には飾り文字のイニシャルが刺繍《ししゅう》されたハンカチが確かに残された。綺麗に洗って今でも時々眺めては、幸福な——ちょっと恥ずかしい——思い出に浸っている。

「……あなたも側にいたの？」

おずおず尋ねると鼻で嗤《わら》われた。

「わからん奴《やつ》だな！　側にいたんじゃない。こいつ、こいつの目で見てたんだ」

「こいつ、って……エンデュミオン様？」

「こんな馬鹿に『様』など要《い》らん」

「エンデュミオン様は馬鹿じゃないわ！　とっても賢い方なのよ。たったの十歳でお父様と難しい教理問答《きょうりもんどう》を互角に戦わせたくらいなんだからっ」

「そうかよ。だったら二十歳過ぎたら只《ただ》の人ってやつだ。……いや、すでに終わってるな。この俺に勝てないんだから。ははははは！」

背を反《そ》らせて哄笑《こうしょう》を上げる少年を見ているうちに、ゾフィーの背中はじわじわと冷たくなった。大人たちが言っていた言葉が急に現実味をおびる。

「あ……あなた……、悪魔なの……!?」

「やっとわかったか」

「エンデュミオン様に取《と》り憑《つ》いてるのね!?」

「こいつに『様』など要らん。つけるなら俺につけろ。地獄の大悪魔、サリエル様にな！」

呵々《かか》大笑《たいしょう》する少年を、ぽかんとゾフィーは眺めた。

「……サリエル？」

「様をつけろ、無礼者！　俺は偉ーい悪魔なんだぞ」

「そんな悪魔、知らないわ」

「だったら知ってる悪魔を列挙してみろ」

「えっと……、ブブタン、ジオール、ゴッチ、メルベス、ネガラモ……」

「よく知ってるな」

感心した顔で言われて得意になる。

「本を読むのが好きなの。悪魔とか地獄のことが書かれた本は怖いけどおもしろいわ」

「おまえが知ってるような奴らは下っ端に過ぎん。俺様のように高級な悪魔は本に名前など載らないのだ」

「有名だったら本に載るんじゃないの？」

「くだらん人間どもと一緒にするな！　尻尾を掴《つか》まれるような悪魔は間抜けなザコだ！」

「あなただって捕まってるじゃない」

言い返すと少年はムッとした。

「捕まったわけではない！　取り憑く相手を……間違えたんだ」

「だったらさっさと出ていってよ。迷惑だわ」

きっぱり言うと、自称悪魔の少年はゾフィーを睨み付けた。

「文句はこいつに言え。俺だってこんなくだらない阿呆《あほう》はとっとと見限りたいんだ」

「エンデュミオン様はくだらなくも阿呆でもないわよ！」

「――なんでそんなに庇《かば》う？　こいつのことが好きなのか」

いきなり問われてうろたえると、サリエルはいかにも悪魔らしくニヤリとした。そんな顔をしてさえ聖公子の人並み外れた美貌は揺らぎもしない。

「だったら俺に従え。逆らわなければ時々はエンデュミオンと替わってやってもいいぞ」

「本当⁉」

思わず身を乗り出すと、尊大にサリエルは頷いた。

「おまえが約束を守るなら、俺も守る」

「わかったわ。あなたの言うことを聞くからエンデュミオン様に替わってよ。今すぐ」

「今はダメだ。奴は眠りこけている。夜中だからな。夜は悪魔の時間なのだ」

そう言って彼はまた偉そうに哄笑《こうしょう》する。ゾフィーは悔しくなって顔をしかめた。

「じゃあ、朝になったら替わってくれる？」

「おまえが夜伽《よとぎ》をするならな」

「ヨトギ？」

「俺が眠るまでおとなしく側に控えているのだ」

「わかったわ」

ゾフィーは頷き、辺りを見回して椅子《いす》を見つけると、ベッドの側に引きずってきて座った。

「さぁ、側にいるわよ。早く寝なさい」

「俺に命令するな！　小生意気なガキだな……」

呆《あき》れ顔《がお》でサリエルは肩をすくめた。

「『言うことを聞く』なんて簡単に言っていいのか？　何を命じられるか怖くないのか」

「わたしにできることならするわ。できないことはできないからできない」

答えるとサリエルはちょっと混乱した顔になった。

「おまえ、変わってるな……」

「別にふつうよ」

「──怒鳴ったら喉が渇いた。水を飲ませろ」

サイドテーブルには水差しとグラスが置かれていたが、彼は両手を鎖でベッドの柱にくくりつけられているので届かない。手枷は見当たらないから父が持っていったのだろう。足首は連れてこられたときのまま、鎖で繋がれている。

グラスに水を注ぎ、口許《くちもと》に持っていくと彼は半分ほどおとなしく飲んだ。

彼は溜息をついて枕に頭を戻した。ぼんやりと天蓋を見上げている姿はなんだか物哀《ものがな》しげで、悪魔に取り憑かれた人のようには見えない。そういう人を、実際に見たことはないけれど。

「……どうして鎖で繋がれてるの？」

「こいつの頭を殴ったり、壁にぶち当てたりしてたら周りが騒いで拘束された」

「あたりまえよ……。どうしてそんなことを？」

「頭に来るから」

「どうして頭に来るの？」

「偽善者だから」

「ギゼンシャ？　それは何？」

「いい子ぶってる奴のことさ。こいつは偽善者だ。周りの大人も偽善者だらけ。息が詰まって窒息《ちっそく》しそうだ」

吐き捨てるとサリエルは暗い目つきでゾフィーをじっと凝視《みつ》めた。蒼い瞳だ。綺麗な蒼。寂しそうな蒼、哀しそうな蒼、澄んだ蒼――。

「……おまえも偽善者か？」

「いい子ぶってるつもりはないけど……」

よくわからなくて眉根を寄せると、サリエルは乾いた笑い声を上げた。

「変な奴」

「あなたも変な人――変な悪魔だわ」

「かもな」

彼は呟《つぶや》き、深い溜息をついた。

「……疲れた。もうくたくただ」

「寝なさい。寝れば元気になるわ」

真面目に言うと、彼は声を出さずに笑って目を閉じた。すぅっと寝息が聞こえ、本当に眠ったのか確かめようと顔を近づけて、ゾフィーはドキッとした。

漆黒の長い睫毛《まつげ》に小さな雫《しずく》が浮かんでいた。

しばらく彼の寝顔を眺め、足元にたぐまっていた上掛けをそっと少年の身体にかぶせる。

(ヨトギは眠るまでよね……？)

だったらもう自室に戻ってもいいはずだが、ゾフィーは彼をひとりにしたくなかった。

（目が覚めたときにひとりきりだったら、きっと寂しがるわ）

サリエルと名乗る悪魔、偉そうだけど実は寂しがりやなんじゃないかしら？

約束を守れば朝には替わってやると約束してくれた。本当かどうか確かめなきゃ。

ゾフィーは椅子に座り直し、背もたれに深く背中を預けた。ぼんやりと少年の寝顔を眺めているうちにだんだんと瞼《まぶた》が重くなってくる。

ちょっとだけ休憩……と目を閉じたとたん、すぅっとゾフィーは眠りに落ちていた。


「――起きて。ねぇ、きみ……。起きてくれないかな」

懇願する声に揺り起こされるように、ふっとゾフィーは目覚めた。いつのまにか椅子に座ったまま、ベッドに突っ伏していた。お尻が座面から落ちそうになって慌てて座り直すと、じゃらりと鎖の鳴る音がした。

困った顔でこちらを見ている少年と目が合う。サリエル――ではない。表情が違った。

「エンデュミオン様っ……⁉」

反射的に身を乗り出すと彼は驚いた様子で目を瞬《まばた》いた。

「う、うん。そうだけど、きみは……」

「あ……。わたし」

「待って。きみのこと、知ってるよ」

　ふいにエンデュミオンは嬉しそうに微笑んだ。

「前に会ったことあるね。クリーゼル枢密卿のお嬢さんだ。ゾフィー……だったかな？」

「は、はい！　そうです！」

　覚えていてくれた……！　と感動してゾフィーは顔を輝かせた。にっこりしたエンデュミオンは姿勢を変えようとしてじゃらりと響いた鎖の音に動きを止めた。

「あ、これは……」

　ゾフィーが口ごもるとエンデュミオンは静かに微笑んでかぶりを振った。

「ああ、わかってるよ。また暴れたんだね」

　暴れたところは見ていないので曖昧《あいまい》に頷く。エンデュミオンはせつなげな溜息をついた。

「ごめんね。きみに何かひどいことを言ったり、したのだろうか……」

「いいえ！」

　ぶんぶんとかぶりを振る。実際、ちょっと口論はしたけど別に罵倒《ばとう》されたとかではない。

　エンデュミオンは不安そうに周囲を見回した。

「ここはどこかな？　ゾフィーがいるということは……クリーゼル卿の屋敷——」

　そうです、と答えようとしたところでコツコツと扉が鳴った。

「おはようございます、公子——」

　入ってきた父は寝台の側に娘が突っ立っていることに気付いてギョッとした。

「ゾ、ゾフィー⁉　おまえそこで何をしておる⁉」

「あ。えっと……。ヨトギ？　です」

「夜伽……⁉」

何故か大混乱する父の後ろで、執事のゲルルフと女中頭のマグダがぽかんとしている。気を取り直した父は咳払《せきばら》いすると探るようにエンデュミオンを凝視した。

「……公子様に間違いございませんな？」

「今のところはね」

なげやりな口調にゾフィーの胸はつきんと痛んだ。彼は知っているのだ。自分が『悪魔』に取り憑かれていることを。

エンデュミオンはベッドのなかで座り直すと困惑ぎみに尋ねた。

「ここは先生のお屋敷ですか」

「はい。田舎ですので、のんびりお過ごしいただけるかと」

うやうやしく父は頭を下げた。父は三年前まで聖公子の家庭教師をしていたので、そのときの習慣で先生と呼ぶのだろう。公子は悲しげに目を伏せた。

「面倒をかけて申し訳ない」

「しばしこちらで療養していただきます。ご不自由とは思いますが、何卒《なにとぞ》ご辛抱ください」

黙って公子は頷いた。手首を拘束する鎖を外してほしいとも言わない。諦めたような彼の横顔を見ているとたまらない気持ちになって、ゾフィーは父に訴えた。

「お父様。公子様の鎖を外してください。これでは水も飲めません」

そう言われて初めて、父は鎖の長さが足りないことに気付いた。

「これは申し訳ない。もう少し長い鎖に替えましょう」

「そうじゃなくて！　鎖を外してって言ってるんです！」

言い張るゾフィーに父ばかりでなくエンデュミオンも目を瞠る。公子は水差しに目をやった。

「……水が減ってるね。もしかしてゾフィーが飲ませてくれたのかな？」

「あ、はい。喉が渇いたと言われたので……」

「ありがとう、世話になったね」

にこっと公子に笑いかけられ、ゾフィーは赤くなった。

（やっぱりエンデュミオン様だわ……！）

無様に転倒したゾフィーを助け起こし、しみひとつない真っ白なハンカチで丁寧に顔を拭いてくれた。地面に打ちつけて赤くなったおでこと鼻にキスしてくれた、優しい公子様。

しかし、ふたりの会話を聞いた父は眉間にしわを寄せた。

「ゾフィー。おまえ……『彼』と話したのか」

「彼？　えっと……サリエルのことですか？　あ、『様』をつけろと言われたんだったわ」

「そのようなことはしなくてよろしい」

ぴしゃりと言われてゾフィーは首を縮めた。父は厳しい目つきでじっと娘を見た。

「『彼』はおまえに何か頼みごとをしたか？」

「あ、はい。水が飲みたいと……」

「鎖を解いてくれとか、甘言《かんげん》を弄《ろう》したのでは？」

「そんなことは全然。言われても鍵がないから解けないし」

　む、と父は渋い顔で頷いた。

「暴れなかったか？」

「いいえ。やたらと偉そうなことはいろいろ言ってましたけど……。エンデュミオン様に替わってほしいと頼んだら、今は眠ってるからダメだって言われて。朝になったら替わってやるからヨトギをしろと……」

　それを聞くとエンデュミオンは気まずそうな顔になり、父は眉を吊り上げた。びくびくしながらゾフィーは続けた。

「……ヨトギがなんだかわからなくて訊《き》くと、眠るまで側にいろと言われました。それで、椅子を持ってきて、座って様子を窺っているうちに眠ってしまって……。気付いたら朝になってて、エンデュミオン様の声で目が覚めたんです」

　父と公子は揃《そろ》ってほーっと安堵《あんど》の吐息を洩らした。ゾフィーはきょとんとふたりを眺めた。

「わたし、何かいけないことしました……？」

「したに決まってるだろう！　夜中に部屋を抜け出すなど良い子のすることではない」

「ごめんなさい」

　素直に謝ると父は溜息をついて公子に向き直った。

「公子様は昨夜のことを何か覚えていらっしゃいますか？」

「いや、何も記憶にない」

申し訳なさそうに眉を垂れたエンデュミオンは、ふと呟いた。

「しかし昨夜は久しぶりにぐっすり眠れた気がするな……」

彼はゾフィーににこっと笑いかけた。

「きっとゾフィーが側に付いててくれたおかげだね」

「そ、そうでしょうか」

澄んだ笑顔が眩しくて、もじもじしてしまう。鎖に繋がれた公子がますます気の毒になってゾフィーは懸命に父に訴えた。

「昼間は鎖はいらないのでは？　サリエルはちゃんと約束を守ってくれましたよ」

「しかしな……」

「ゾフィー。『彼』は昼間にも出てくるんだよ。いつだって好きなときに出てきて暴言を吐いたり暴れたりする」

諦めたような寂しい微笑みに胸が締めつけられる。

「で、でも。エンデュミオン様が鎖に繋がれているなんて、わたし、イヤなんです……！」

公子は目を瞠った。父は溜息をつき、後ろに控えている執事と女中頭に頷きかけた。ふたりは着替えと朝食を運んできたらしい。

「念のため、扉に鍵をかけなさい」

執事は扉に施錠すると鍵を内ポケットにしまい、扉の前で仁王立ちになった。クリーゼル家の執事ゲルルフは元聖王庁の衛兵といういっぷう変わった経歴の持ち主で、体格はすこぶる良い。不審者や泥棒を何度もねじ伏せたことがある。

女中頭のマグダも執事と並んで身構えた。マグダは恰幅《かっぷく》がよいわりに動きが素早く、目端が利《き》く。台所女中《キッチンメイド》からの叩《たた》き上《あ》げで、ものを投げれば百発百中。彼女もまた逃走する泥棒に鍋を投げつけて仕留めた実績の持ち主だ。

父はシャツの下から皮紐《かわひも》に吊るした鍵を取り出した。ガチリと重々しい音を立てて鎖が外れる。両腕が自由になると、エンデュミオンはホッとした面持ちで手首をこすった。

「痛むのですか？」

心配になってゾフィーは彼の手許を覗き込んだ。

「大丈夫だよ。枷の内側は、ほら、天鵞絨《ビロード》張りになってるんだ」

安堵した瞬間、頭上でくすりと不穏な笑い声がした。

「つーかまーえたっ」

歌うような声がしたかと思うと、ぎゅっと抱きすくめられる。

（えっ、えっ、何⁉）

焦って目を上げると、ニヤ～ッと悪辣《あくらつ》な笑みが目に飛び込んできた。

「サ、サリエル……⁉」

「様をつけろと言っただろうが、無礼者」

「ゾフィー！」

寝台を挟んで反対側にいた父が青くなって手を伸ばしたが、サリエルは素早く手の届かぬ隅に逃げた。ゾフィーはショックで固まっている。

「な……なんで……？　朝になったら替わってくれるって言ったのに……！」

「替わってやっただろうが」

うそぶく悪魔をキッと睨み付ける。

「短すぎるわ！　十分もなかったじゃない！　昼間は人間の時間でしょう⁉　悪魔はさっさと寝なさいよっ」

「昼間は人間の時間だなんて誰が言った？　夜は悪魔の時間。昼間だって俺は好きなときに出てくるさ」

「ずるいー！　嘘つきー！」

「嘘はついてないだろ」

ジタバタ暴れるゾフィーをぎゅうぎゅう抱きしめながら、サリエルは楽しげにくっくと笑っている。父と執事は寝台の向こう側で手をつかね、女中頭は反射的に履いていた靴を手にしたものの、お嬢様に当たっては……と投げられないでいる。

サリエルはゾフィーを抱きしめたまま大きく息を吸った。

「ああ、いい匂いだ」

「イヤー！　食べないでー！」

「太陽と風と……野の花の香りだ」

（……え？）

思いがけずしみじみとした呟きにゾフィーは動きを止めた。サリエルはもう一度深呼吸をして、ほぅっと息をついた。

「とってもいい匂いだ」

ゾフィーはとまどった。ごちそうを前にして唾をのむ感じとは違う気がする。てっきり食べられちゃうのかと思ったけど……。

とりあえず暴れるのをやめ、様子を窺う。思いっきり抱きすくめられてはいるけれど、全力で突き飛ばせば振りほどけなくもなさそうな……？

悪魔だろうと、肉体そのものは十三歳の少年だ。大人が三人かかれば取り押さえられるはず。

ゾフィーは父に向かって『大丈夫』と頷いてみせた。サリエルはお構いなしに小作りなゾフィーの顔に頬擦りしたり、胡桃色のふわふわした髪を嬉しそうに撫でたりしている。

「おまえは日なたの匂いがするなぁ。こうしてると、すっごく落ち着く」

「……悪魔なのに、日なたが好きなの？」

そっと尋ねると彼は吐息で笑った。

「手が届かないものだからな……」

その声に何故だか胸が痛んで、ゾフィーは彼の背中にそっと手を置いた。そして気がついた。

彼がとても痩《や》せていることに。

肩甲骨《けんこうこつ》が固く浮き出して、まるで骨だけになった翼の名残《なごり》みたい――。

サリエルはもう一度ゾフィーをぎゅっと抱きしめると顔を上げた。

「――この娘、気に入った。俺がもらう」

唖然《あぜん》とするゾフィーに向けられたのは、昨夜と同じ尊大な笑顔だ。

「否《いな》やはないいな？　フェルディナント」

偉そうに父の名を呼び捨てる悪魔を睨み付ける。呆気《あっけ》に取られていた父は気を取り直して冷ややかな目つきでサリエルを見据えた。

「大事な娘を悪魔になどやるわけにはいかん」

「エンデュミオンにならやれるだろう？」

ニヤリと悪辣な笑みを浮かべるサリエルに、父はぴくりと眉を吊り上げた。

「……それは、娘を手に入れたら二度と出てこない――ということかね？」

「さぁて。そこまでは保証しかねるな。何しろ悪魔は気まぐれだ。この娘と遊びたいと思えば出てくるさ」

「話にならん。さっさと娘を放せ」

「やだね」

ぐいっと引き寄せられ、頬がぴたりと密着する。ゾフィーは冷や汗をかきながら赤くなったり青ざめたりした。表に出ているのが悪魔《サリエル》でも、その身体は憧れの公子様なのだ。

しかしそれ以上に、こうして抱きしめられていると飛び出した鎖骨《さこつ》や肋骨《ろっこつ》の感触が直に伝わってきて、すごく心配になった。

「……ごはん食べてくれる？」

勇気を奮って言ってみると、サリエルは面食らってゾフィーを見返した。

「メシがどうした」

「あなた、ろくにごはんを食べてないでしょ。三食ちゃんと食べてくれるなら、わたしがあなたのお世話をするわ」

彼はまじまじとゾフィーを凝視《みつ》めた。

「……本気か」

「きちんと食事をして、夜はしっかり眠ってくれるならね。それと、お風呂にも入ってもらいます。あなたちょっと臭《くさ》いわよ」

サリエルはみるみる真っ赤になって眉を吊り上げた。

「く、臭いだと……!?」

「だって本当に臭《にお》うもの」

おろおろする大人たちを尻目に睨み合う。折れたのは悪魔のほうだった。むすっとしながらサリエルは――あくまで尊大に――頷いた。

「わかった。風呂に入る。小娘に臭いなどと言われては高級悪魔の沽券《こけん》にかかわるからな！

――おい、フェルディナント。すぐに風呂を用意しろ」

「お父様を呼び捨てにしないで！　『先生』って呼びなさい」

「俺の先生じゃない」

「呼ばなきゃヨトギしてあげないわよ」

睨み付けると彼は目をぱちぱちさせた。

「先生と呼んだら夜伽するのか？　親孝行な娘だなぁ」

「ゾフィー！」

父が青くなって叫ぶ。フフンとサリエルは悪辣に笑った。

「いいだろう。約束は守れよ」

「あなたこそ」

「俺は偉ーい悪魔だから約束は守る。守れない約束はしなきゃいいんだからな！　簡単だ」

彼は得意げに笑う。ゾフィーはこの残念な悪魔がだんだん可哀相《かわいそう》になってきた。

「というわけで、センセイの娘はこれから夜伽をふくむ俺の世話係だ！　俺が風呂に入っているあいだにゾフィーのベッドを隣に用意しとけ」

「娘に悪魔の添い寝をしろと……⁉」

「添い寝ではない！　夜伽だ！」

「なお悪いっ」

父とサリエルがバチバチと火花を散らして睨み合う。夜伽の意味を理解していないゾフィーは、父が何故そんなに怒っているのかわからない。

「――そんなに心配なら、寝るとき俺を鎖で縛ればいいだろ」

フンと顎《あご》を反《そ》らして言い放たれ、父が鼻白《はなじろ》む。ゾフィーも驚いた。まさか自分から縛れと言い出すなんて。

「昨夜、こいつに夜伽してもらったら久しぶりにぐっすり眠れたんだ。安眠装置として側に置いておきたい」

装置とは何よといささかムッとしつつ成り行きを見守っていると、サリエルと睨み合っていた父が横目でゾフィーを窺った。

「おまえはどうなんだ？　鎖に繋ごうと、悪魔と同じ部屋で寝るのはやはり厭《いや》だろう」

「ベッドを用意してもらえるなら……。椅子で寝るのは身体が痛いので」

いつもの調子で恬淡《てんたん》と答えると、父はしかめっ面で嘆息した。

「……就寝前には鎖で繋ぐぞ」

「だからそうしろと言っている」

「日があるうちは出てくるな。できれば二度と出てこないでもらいたい」

「無理だな。そもそも俺を呼び込んだのはエンデュミオンなんだぞ？　奴がヘバれば自動的に俺が押し出される。説教は奴にしろよ。ま、どうせそのとたん俺に丸投げするだろうが」

サリエルはくくっと辛辣《しんらつ》に笑い、わざとらしく肩をすくめた。

「可愛《かわい》い娘を俺の側仕えとしてくれた礼に、できるだけおとなしくしといてやるよ」

ぐいと抱き寄せられ、ふたたび頬をぴったりとくっつけられる。赤くなるゾフィーとニヤニヤするサリエルを父は厳しい顔で交互に睨んでいたが、やがて苦い顔で頷いた。

「……よかろう。ただし、あくまでエンデュミオン様のお世話をするためだぞ」

「俺はついでか。……まぁ、いいさ。いつものことだ」

吐き捨てるような口調がふと気にかかって見上げると不敵にニヤリとされる。

「了解したなら娘を離せ」

「約束は守れよ」

傲然《ごうぜん》とうそぶいて彼は腕を解いた。ゾフィーはそそくさと逃げた。恐怖とか嫌悪とかではなく、ぎゅうぎゅう抱きしめられていたのが気恥ずかしかったのだ。

「朝食はゾフィーと一緒に摂《と》るぞ。ひとりでは食べない。エンデュミオンを餓死《がし》させたくなかったら約束を守れ」

「何度も言わなくたって守るわよ！　あなたこそちゃんとお風呂に入ってよねっ」

「わかってるさ。二度と臭いなんて言わせない」

「――では、娘はいったん下がらせていただく。とにかく着替えさせないと」

「よろしい。行け」

尊大にサリエルは頷いた。父はサリエルに執事と女中頭を紹介し、ふたりに危害を加えたら二度とゾフィーには会わせないときつく申し渡した。サリエルが了解すると、父はゾフィーの手を引いて部屋を出た。

「ゾフィー！」

背後からサリエルに呼ばれ、戸口で振り向く。彼は怒ったように眉を吊り上げていたが、蒼い瞳はどこか不安そうだった。

「……戻ってこいよ」

こくりとゾフィーは頷いた。

「着替えたらすぐに来るわ」

ゾフィーは女中頭を見上げて小声で頼んだ。

「あの……、優しくしてあげてね？」

マグダは目を瞠り、にっこりと頷いた。

「わかってますよ、お嬢様」

優しく背中を押され、ぱたんと扉が閉まった。


本館に帰る道々、ゾフィーは父からこってりとお説教をくらい、昨夜の出来事を洗いざらい白状させられた。

父は渋い顔で聞いていたが、やむを得ないと腹を括《くく》ったらしい。ゾフィーが着替えを済ませると書斎に呼んで、聖公子が我が家に連れてこられた経緯をかいつまんで説明してくれた。

サリエルなる悪魔がエンデュミオンに取り憑いたのは半年ほど前のこと。それまで聖公子は、わずか十三歳という若年ながら父親の名代《みょうだい》として数多《あまた》の聖務・公務をこなしていたそうだ。

「代々の聖王——聖公爵閣下には癒《いや》しの力があると言われているのはおまえも知っていよう。

実際にそういう力があるというよりも、信仰心のなせる業《わざ》だが……。要は大いなる錯覚だな」

ゾフィーは目を丸くした。聖王を補佐する枢密卿という高い地位にある人が、そんなこと言っていいの⁉　しかし父は生真面目な顔でゾフィーを諭《さと》した。

「誤解してはいけないぞ、娘よ。だからこそ信仰心は大切なのだ。聖公爵家は王家と並び立つこの国の両輪《りょうりん》。どちらがガタついても国はうまく立ちゆかない」

ゾフィーが暮らすロファール王国にはふたつの『王家』がある。ひとつは政治・司法を担当する王家、もうひとつが宗教儀礼を司《つかさど》る聖公爵家だ。両家の祖先は双子《ふたご》の兄弟で、ロファール王国の始祖《しそ》でもある。

兄弟は仲良く国を治めていたが、その周囲の側近たちが優位を争っていがみあうようになった。双子であったことが裏目に出た。心を痛めた弟は自ら一歩引いて臣下に下った。それが聖公爵家の始まりだ。

単独の王となった兄は宗教儀礼をすべて弟に任せ、一切口を出さないことにした。弟も同様に政治には関わらないと誓った。

対外的には兄の系譜である王家が国の代表だが、国内ではどちらも王族と見做《みな》され、互いに補いあいながら国土を広げてきた。今ではロファール王国は大陸を代表する有力国だ。

聖公爵家の当主はいつからか聖王と尊称され、癒しの力を持つと信じられるようになった。その理由は定かではないが、聖王に手をかざして祈ってもらったら病が回復した、怪我《けが》が直ったなどの噂《うわさ》が次第に広まり始め、今では聖王庁に専門の部署まである。

「特に、エンデュミオン様はその力が強いと言われている。非常に優れた資質をお持ちなのは確かだ。幼い頃から利発な方で、容貌も際立ってお美しい」

うんうんとゾフィーは頷いた。彼ほどの美少年はそうそういない。絹のように艶《つや》やかな黒髪、宝玉のような蒼い瞳。にこっとされれば感動で身体が打ち震え、瞳が潤んでしまう。

「まぁ、そのためにますます効果が上がっているのだろうが。ゾフィー、聞いているのか？」

今朝方彼に微笑みかけられたことを思い出してポーッとしていたゾフィーは、父の厳《いか》めしい声音にハタと我に返った。

「き、聞いています。エンデュミオン様は、とってもとっても素晴らしい御方《おかた》です！」

「そ、そうだな。うむ……、だからこそ問題なのだよ。その素晴らしい聖公子様が悪魔に取り憑かれたとなっては」

「あ……っ」

深く納得してゾフィーは頷いた。王国内には移民を中心に異なる信仰を持つ者も一定数いるものの、国民の大部分は聖教会の信徒である。教会のトップである聖王が悪魔に取り憑かれては、全信徒の信仰心が揺らいでしまう。

「由々《ゆゆ》しき事態ですね……！」

「そのとおりだ」

重々しく父は頷いた。

半年前、エンデュミオンは公務のあいまの休憩中、突然意識を失って倒れた。慌てて寝室に運び込み、駆けつけた侍医団が過労の診断を下したとたん、堰《せき》を切ったように彼は暴言を吐き始めた。唖然《あぜん》とする側近の高位聖職者たちを罵倒し、嘲笑い、昏倒《こんとう》した。

目が覚めると何も覚えていなかった。しばし休養を取ることにしたが、見舞いに来た両親と話すうちにぶるぶる震えだし、また口汚い言葉でわめき始めた。父も母も側近たちも、全員偽善者だと罵《ののし》り、高笑いをし、頭を壁にガンガンぶつけ始めた。

侍従が数人がかりで押さえつけ、寝台に縛りつけた。それでも彼は声のかぎりに叫び続け、舌を噛《か》むのではと恐れた侍従が口にナプキンを押し込んだ。

ひそかに祓魔師《ふつまし》を招いたものの、誰が祈祷《きとう》しても悪魔は離れなかった。聖水も聖具も効かず、心を読まれて動揺する祓魔師を嘲笑した。

悪魔はサリエルと名乗ったが、どの聖典にもそういう名前の悪魔は載っていない。

「お父様もご存じないの？　本に載ってる悪魔は下っ端のザコだってサリエルは言ってたけど……」

「心当たりはないな。彼の言うとおり、今まで人間界に出てくることのなかった上位の悪魔なのか、あるいは……そんな悪魔はいない、いないのかもしれない」

洩らされた父の呟きにゾフィーは目を瞠った。

「サリエルはいますよ？　お父様だって、さっき話したでしょう」

「……ああ、そうだな」

ふっと笑って父はぽんぽんとゾフィーの頭を撫でた。

「ゾフィーや。おまえ、本当にサリエルが怖くないのかい？」

「怖くはないです。なんだかわがままな小さい子みたいなの。あの悪魔、本当は寂しがりやなんじゃないかしら。もしかしたら、子どもの悪魔なのかもしれない。――あっ、そうだわ！　きっと悪魔の王子様なのよ。だからあんなに偉そうなんだわ」

父は目を丸くしてゾフィーを眺め、微笑んだ。

「ああ、そうかもしれないな」

しばらく何か考え込み、父は改まった口調で言った。

「ゾフィー。公子様がここにおられることは伏せられている。我が家の召使でも知っているのは執事のゲルルフと女中頭のマグダだけ。彼の世話はこのふたりと私とでするつもりだった。……正直、気は進まないが、おまえを側仕えにしないとサリエルが怒ってエンデュミオン様の身体を傷つける恐れがある。しかし、あまりに無茶《むちゃ》振りをされたら――」

「大丈夫です、お父様。言うことは聞くけど、できないことはできないからできないって、はっきり言っておきました」

きっぱり告げると父もサリエル同様、ちょっと混乱した顔になった。

「……それでいいと？」

「ダメとは言わなかったから、いいんだと思います」

父は顎を撫で、頷いた。

「仕方がない。当分の間、別館で暮らしなさい。そうだな……、何か伝染性の病気だということにしようか。それなら隔離されても怪しまれないだろう。お母様たちにもそのように言って、予定よりも長く別荘にいてもらうことにする」

ゾフィーはふたたび父に連れられて別館に戻った。サリエルはすでに入浴を終え、朝食の並ぶ食卓に着いていた。

「遅いぞ！　料理が冷めるではないか」

「ごめんなさい」

お風呂に入っているあいだにエンデュミオンに替わってないかと期待したのだが、残念ながらサリエルのままだ。

ちょっと来いと手招かれて側に行くといきなり抱き寄せられ、ゾフィーは目を白黒させた。

「どうだ？　まだ臭いか」

気を取り直しておそるおそる匂いを嗅ぐ。

「……シャボンの香りがするわ」

「そうだろう！　なにせ怪力執事に風呂に突っ込まれて丸洗いされたのだからな」

得意げにサリエルは顎を反らした。振り向くと戸口に控えたゲルルフが苦笑している。

「おとなしくしてた？」

「大丈夫ですよ、お嬢様。猫の子よりもおとなしかったくらいです」

ゲルルフが笑いをにじませながら請け合う。

「おまえのために耐え忍んでやったのだ。ありがたく思え」

何故自分が感謝しなければならないのかと眉間にしわを寄せつつ、ゾフィーはぺこりと頭を下げた。暴れないでくれたのは実際ありがたい。

向かい側にゾフィーが座ると、さっそくマグダは皿にかぶせてあった銀色の保温カバーを外した。鮮やかな黄色のオムレツがほかほかと湯気を立て、バターの香りが立ち上る。

「美味《うま》そうだ」

上擦った声で呟いて平たいスプーンに伸ばしたサリエルの手を、ゾフィーはぺちりと叩いた。

「食べるのはお祈りしてから」

「どうして俺が神なんぞに祈らなきゃならないんだ。俺様は悪魔だぞ！」

ムッとするサリエルに怯《ひる》まず言い返す。

「神様には祈れなくても、調理してくれた人に感謝くらいできるでしょ。このオムレツだって雌鶏《めんどり》さんが卵を産んでくれて、牛さんがお乳を出してくれなきゃそもそも作れないのよ？付け合わせのソーセージだって豚さんのおかげだし、野菜だって農家の人が手塩にかけて――」

「ああ、わかった、わかったよ！　祈ればいいんだろ⁉　くそっ、せっかくのあったかい料理が冷めちまう」

サリエルは憮然《ぶぜん》としながら手を組み合わせる。ゾフィーも同じようにして小声で呟いた。

「神様、日々のお恵みに感謝します。――さっ、食べましょう」

「……えらい短いな。歌は歌わないのか」

不審げに問われ、ゾフィーは首を傾げた。

「賛美歌《さんびか》だ。聖王庁では食事時には三種類の祈りを唱えてから賛美歌を二曲歌うんだ。少なくとも十分はかかる」

「それじゃ冷めちゃうわ」

「そうだ。食べる頃にはすっかり冷めてる」

「うちは大丈夫よ。食事前のお祈りはいつもあれだけなの。『神様』の部分に料理に関わるすべての存在が入ってるの。だから絶対に欠かしちゃいけないのよ」

サリエルはあまり納得していない様子だったが、オムレツを一口食べたとたん、パッと顔が輝いた。

「美味い！」

ゾフィーもオムレツを口にしてにっこりした。とろとろのふわっふわ、絶妙の火加減だ。バターの芳《こう》ばしい香りが口中に広がる。

「作ったのはマグダね」

「はい、お嬢様。先ほど用意したお食事はひとりぶんでしたし、坊ちゃんがお風呂に入ってるあいだにすっかり冷めてしまいましたからね。さっと作り直してきましたよ」

にこにことマグダは答えた。マグダは今でこそ女中頭に出世してメイドたちを統括する立場だが、厨房《ちゆうぼう》勤めが長く料理人としての腕は抜群だ。父は今でも大事なお客様をもてなすときは彼女に料理を任せている。

「……この赤いものはなんだ？　野菜か？」

不思議そうにサリエルはフォークに突き刺した赤い果肉を眺めている。

「トマトよ」

「トマトだと⁉　毒ではないか！　あれは見るものであって食うものではないっ」

「まだそんなこと言ってるの……」

ゾフィーは呆れた。トマトは海の向こうの国から数十年前にもたらされた植物だが、ほとんど鑑賞用だ。赤い実は綺麗だが毒があると思われている。

「お父様がこちらに赴任して広めたの。とっても栄養があって、今ではこの地方の特産品よ」

誇らしげに示したトマトをあむっと食べてみせるとサリエルは青くなった。

「おいっ」

「ん、美味《おい》しい。あなたも食べなさいよ」

ためらっているサリエルに目を細め、くふふっとゾフィーは笑った。

「怖いんだ？　悪魔のくせに臆病なの～」

「俺は臆病じゃないぞ」

ムカッと眉を吊り上げ、サリエルはばくっとトマトに食らいついた。わざとらしく大きく咀嚼《そしゃく》して飲み下し、盛大に眉を垂れて怒鳴る。

「酸《す》っぱいじゃないか！」

「甘いなんて言ってないわ。慣れればさっぱりしてて美味しいのよ」

「酸っぱいものは嫌いだ。食べたくない」

「マグダ。これから毎日ひとつトマトを食べることにします。用意してくれる？」

「かしこまりました、お嬢様」

「俺は食わないぞ！」

「そんなに怖いの？　臆病ねぇ」

「嫌いなんだっ」

「そんなはずないわ。だってあなたは悪魔なんでしょう？」

面食らうサリエルに、ゾフィーはにっこりした。

「思い出したんだけど……、トマトは『悪魔の実』とも呼ばれてるんだって。あなたが本当に悪魔なら、トマトが大好きなはずよね？」

「詭弁《きべん》だ！　だったらトマトが好きなおまえも悪魔だぞ⁉」

「そうね。実はわたし、すっっっごく偉い悪魔なのかもしれないわよ？　本に載らないくらい超高級な悪魔なの。あなたなんかじゃ拝謁《はいえつ》できないくらい偉～い、雲の上の悪魔なんだわ」

フフーンと顎を反らしてみせる。サリエルは眉を上げ下げしながら悔しそうにゾフィーを睨み、負けじと胸を張って叫んだ。

「よし！　だったら俺は毎日トマトを二個食うぞ！　詭弁《きべん》を弄する生意気な小娘などに負けてたまるか」

「まぁ、すごい。あなたって勇気があるのね！」

ゾフィーは素で感心してパチパチ拍手した。実を言うとゾフィーはトマトが大好きというわけではない。煮込んであったりソースになっていれば好きだが、生食はむしろ苦手である。確かに酸っぱい。大人ぶってみせようとして後に引けなくなっただけだ。

つい対抗心から毎日一個食べるなんて宣言してしまったが、サリエルがさらに対抗心を燃やして二個食べると言い出したのはもっけのさいわいだった。実際に栄養はあるそうだし、とにかく彼は痩せすぎている。

褒《ほ》められて気をよくしたサリエルは、オムレツだけでなく添えられたソーセージとやわらかく茹《ゆ》でたニンジン、さらにはトーストにもバターとジャムを塗って残らず平らげた。食後に濃いめの紅茶にミルクを入れて飲みながら彼は溜息をついた。

「こんなにたくさん食べたのは久しぶりだ……」

「これくらいふつうよ。あなたはもっと食べたほうがいいわ。お肉とか」

「肉は嫌いだ。胃がもたれる」

「じゃあ、お魚にすればいいわ。ここは海からわりと近いし、美味しい川魚も採れるのよ」

ふたりの会話を聞きながらマグダは几帳面《きちょうめん》にメモを取っている。献立の参考にするのだろう。

「好きなものはある?」

「……粉ふきイモに塩をかけて食うのが好きだ」

そっぽを向いてサリエルはぼそりと呟いた。

「わたしも好き!　マグダ、夕食はお魚と粉ふきイモをお願いね」

「かしこまりました、お嬢様」

にこにことマグダは頷いた。サリエルは何故かびっくりした顔でゾフィーを眺めた。

「おまえはイモを食うのか。センセイも?」

「食べるわよ? 家族全員、ジャガイモは大好き。海沿いで採れるジャガイモはほんのり潮の香りがして、とっても美味しいわ。海草を肥料にしているんですって」

ジャガイモもトマト同様海外から入ってきた食材で、小麦が作れない土地を中心にかなり広まっている。

「聖王庁の偽善者どもは、イモなどパンが食えない奴の食い物だとバカにしている。食卓には絶対上がらない」

「じゃあどこで食べたの?」

「俺――エンデュミオンが公務のついでに立ち寄った山間の小さな村だ。そこは気候が寒冷で小麦がうまく育たない。主食は黒麦《ソバ》とジャガイモだ。それもそうたくさんは採れない。……その農民が、粉ふきイモを作って出してくれた。貴重な塩まで振りかけて……。すごく美味かった。聖王庁に戻って、あれが食べたいと言ったら怒られた。あのようなもの、聖公子様が口になさるものではないんだと。……偽善者どもめ」

吐き捨てるサリエルにゾフィーは微笑んだ。

「安心して。うちにはジャガイモが食べたいと言って怒る人はいないわ」

「……フン」

彼は鼻息をついてそっぽを向いたが、かすかに頬が赤らんでいた。

朝食が済むとまもなく父がやってきた。父は別館での生活について決まり事を定めて紙に書き出し、ふたりに見せた。

初め父は執事と女中頭と三人で公子の面倒を見るつもりでいたが、ゾフィーも別館で暮らすとなれば難しいと考えを変えた。伝染する病気ではなく、知り合いの貴族から少々扱いが難しい子どもを預かっている……ということにしたのだ。

その子どもはたいそう人見知りなうえに大変な癇癪《かんしゃく》持ちなのだが、何故かゾフィーのことがいたくお気に召したので遊び相手を務めさせることにした。

人見知り、癇癪持ちと父に澄ました顔でずけずけ言われてサリエルは目許をぴくぴく痙攣《けいれん》させていたが、わめき出すことはなく偉そうに顎を反らして了承した。

ルールは大きくふたつ。まず、エンデュミオン／サリエルは絶対に二階から下りない――つまりは別館から出ないこと。使用人はゲルルフとマグダをメインに、長く勤めていて信用のおける召使何人かで補佐する。ただし二階に上がるのはゲルルフとマグダのふたりだけ。

そして、寝室は特別に一緒にするが、眠るときサリエルの腕は寝台の支柱に鎖で繋ぐ。鎖の長さは寝返りを打てるよう充分に取り、その上でゾフィーの寝台は手の届かない場所に置く。鎖の鍵は父フェルディナントが保管し、朝に様子を確かめた上で外す。

「――よろしいかな？」

父の確認に、ふたりは揃って頷いた。そうこうするうち、別荘から迎えがきたとゲルルフが呼びに来たので、ゾフィーは父と一緒に本館に戻った。

馬車には母が乗ってきていた。置いていってごめんなさいねと母は心底申し訳なさそうに謝った。てっきりいるものと思い込んでおり、夕食の席にいなくていくら探しても見つからなかったときは、きっと浜辺でひとり遊びをしていて波に攫《さら》われたんだわと真っ青になったそうだ。

「やっぱりあなたには鈴をつけておくべきかしら」

「猫じゃあるまいし、イヤです」

ほぉ、と溜息をつく母に口を尖《とが》らせたゾフィーはふと思い出した。

「そういえば公子様は隠れていたわたしに気付いたんですよ。暗がりで茂みの陰だったのに」

「まぁ！　さすがは聖公子様だわ」

おっとりした母は無邪気に感心した。正確には気付いたのは悪魔《サリエル》なので、あのときエンデュミオンだったら気付いてくれたのかどうかはわからない。

母は父から大体の事情を聞いていたが、悪魔うんぬんは知らないようだ。知っていたら娘を側に付けるのはいくらなんでも猛反対しただろう。激務のせいで気鬱《きうつ》になったという父の説明を信じている。

「気兼ねなくゆっくりと休養していただきましょう。ゾフィーなら気に留まらなくていいわ。――あっ、変な意味じゃないのよ」

焦る母にゾフィーは肩をすくめた。

「大丈夫です、お母様。わたしは空気でちょうどいいのです」

「まぁ、ゾフィーったら……。そんな卑下しちゃだめ」

「卑下なんてしてません。公子様は、わたしから太陽と風と野の花の香りがすると仰《おっしゃ》いました。それって良い空気ですよね？」

これも正確には悪魔《サリエル》が言ったのだが。母はまじまじとゾフィーを見つめ、にっこりと頷いた。

「そのとおりよ。新鮮な澄んだ空気だわ。……きっと公子様にはそれが必要なのね」

母は何度か頷き、瞳を潤ませてにっこりした。そして愛《いと》おしそうにチュッと頬にキスした。

「――皆にはうまく言っておくわ。綺麗な貝殻をおみやげに持ってくるわね！」

馬車の窓から朗《ほが》らかに手を振って、母はふたたび去っていった。


母を見送って別館に戻ると、サリエルは窓辺に座って本を読んでいた。彼はゾフィーに気付くとにっこりと笑顔になった。

「やぁ、ゾフィー」

「……！　エンデュミオン様⁉」

急いで駆け寄り、蒼い瞳を見上げる。その瞳は澄んでとても穏やかだ。

「うん、心配かけてごめんね」

ふるふると懸命にかぶりを振る。安心と感動で、じわっと瞳が潤んでしまう。エンデュミオンはゾフィーの濡《ぬ》れた睫毛を優しく拭ってくれた。

「気がついたらテーブルで紅茶を飲んでいたんだよ。側にゲルルフがいたので彼から大体のことは聞いた。朝、鎖を外してもらったところまでは覚えてるんだけど……。またきみにひどいことをしたみたいだね。本当にごめん」

「そんな！　ひどいことなんてしてないですよ」

「一緒に朝食を取ったそうだね」

「はい。残さず召し上がられました！」

「よかった……。僕でいるときは食欲がなくてほとんど食べられないんだ」

「そう……なんですか……」

「彼のときも、こんなの食べられるか！　って激怒して暴れるから、どっちにしても結局食べられないんだけど」

(だからこんなに痩せてるのね……)

　ますます公子が気の毒になる。

「あの、エンデュミオン様。お腹空いてませんか？　食べたのはサリエルだから……」

　公子はちょっと目を瞠り、穏やかに微笑んだ。

「ありがとう、大丈夫だよ。食べたことは覚えていないけど、ここがとっても温かいから」

　そう言って彼は胃のあたりをそっと撫でた。

「……彼は、美味しいって言ってたかな？」

「はい！　オムレツが気に入ったみたいです」

「ああ、オムレツは僕も好きだよ」

嬉しくなってゾフィーは朝食のメニューを説明した。トマトのことではエンデュミオンは目を丸くしていた。トマトに栄養があるとは知らなかった、後で先生から詳しく聞きたい、とも。粉ふきイモの件では憂《うれ》いがちな瞳になって頷いた。

長いお祈りと賛美歌のせいで料理が冷めるというのは本当だそうだ。それより驚いたのは家族で食事を摂る機会がほとんどないということ。

「食事も儀式の一環でね。両親と一緒のときも聖王庁詰めの枢密卿たちが必ず同席する」

それでは家族団欒《だんらん》というわけにはいかない。

話を聞くと公子の生活はとても窮屈そうだ。勉学や習い事、聖務と公務で一日はびっしり埋まっている。休日なんてあってないようなもの。

「エンデュミオン様はまだ十三歳でしょう？　なのにそんなにたくさん公務をこなさなければならないのですか？」

「半分以上は父の名代なんだ。父はひどい偏頭痛《へんずつう》持ちで……。それも年々悪化している」

「お気の毒に……。では、お母様は？」

エンデュミオンは口ごもった。

「うん……。母では代理が務まらないことが多くてね。露骨にがっかりされたことが何度もあったらしい。もともとプライドの高い人で、すっかりつむじを曲げてしまって、王族としての招待……それも余程懇願されないかぎりは絶対に行かないんだ」

聖王の夫人は聖王妃――とは呼ばれない。もともと聖王は通称であり、夫人は正式な爵位名である聖公爵夫人と呼ばれる。エンデュミオンの母は王女、現在の国王の妹だ。プライドが高いのも当然だろう。

彼女には民衆が期待するような癒しの力はない。そもそも期待されてもいない。そこが王女としての矜持《きょうじ》を刺激するのかもしれない。

エンデュミオンはまだ成人年齢に達していないにもかかわらず、両親の名代として実質的に聖王庁を背負って立っているようなものなのだ。ゾフィーは憤慨した。

「それじゃ、エンデュミオン様には遊ぶ時間が全然ないじゃないですかっ」

「仕方ないよ。僕はもう子どもではないからね」

「じゃあ、子どものときちゃんと遊びました？　二年前にこちらへいらしたとき、もうすっかり立派な聖者様でしたよ」

あのときエンデュミオンは十一歳だったのに、当時十二歳の兄よりもずっとずっと大人に見えた。今はもっとだ。実年齢の倍くらいに思えてしまう。

落ち着いているというよりも、諦めきっているみたい。偉そうなサリエルが年齢よりもずっと子どもじみているのとは対照的だ。

「……そうよ。サリエルと足して二で割ればちょうどいいんだわ」

ふと呟いて、エンデュミオンが目を丸くするのに気付いて慌てた。

「あっ！　ごめんなさい！　失礼なことを……っ」

よりにもよって悪魔と足して二で割ればちょうどいいなんて、とんでもないことを言ってしまった。

エンデュミオンはくすりと笑ってかぶりを振った。

「いや、それはいいかもしれないね。……ねぇ、ゾフィー。彼のこと教えてくれないかな？」

「サリエルのことですか？」

「うん。彼が表に出ているときのことはほとんど覚えていないんだ。ひどい暴言を吐いたことはうっすら記憶にあるけど、何を言ったのか周囲に聞いても誰も教えてくれないし」

それはきっと口にするのも憚《はばか》られるような悪口雑言《あっこうぞうごん》ばかりだからだろう。

「正気に戻ると身体中が痛いし、だるいし。気力を根こそぎ持っていかれたような感じ……というのかな。食欲もわかなくてコンソメスープを飲むのがやっと。それも味なんて全然わからない。不思議なことに、さっきふっと我に返ったときは気分がすごくすっきりしてたんだよ。飲んでいた紅茶がとても美味しかったな。きっとゾフィーと一緒に食事したからだね」

にこっと純真な笑顔を向けられ、ゾフィーは赤くなった。

「ちゃんと食べたからですよ……。ト、トマトが効いたのかも……？」

「そうだね。毎日トマトを二個食べるんだったね？」

「はぁ。……あの、エンデュミオン様。サリエルのこと、どう思います……？」

エンデュミオンが綺麗な蒼い瞳を丸くする。ゾフィーは赤面した。

「変なこと訊いてごめんなさい！　困ってるに決まってますよね！」

くすりと彼は笑った。

「……そうだね。困ってはいるけど……嫌いじゃない、かな？」

「え……？」

彼は窓の向こうに視線を向けて呟いた。

「僕の周りの人たちにとっては悪魔なんだろうけど。僕にとっては――」

振り向いて、エンデュミオンはにっこりした。

「――天使かも、しれない」


エンデュミオン／サリエルとの生活は、思ったほど苦痛ではなかった。というか、全然苦痛に感じない。相変わらずサリエルは尊大で横暴でわがままで、時折癇癪も起こすけれど、ゾフィーに暴力を振るったり、暴言を吐いたりはしない。

地団駄踏みながら『偽善者どもめ！』と叫んでいる姿は怖いというより痛々しい。彼が息を切らして黙り込むと、ゾフィーは背伸びして彼の痩せた身体をぎゅっと抱きしめた。

やがてサリエルは、『どうやらおまえは偽善者の仲間ではないようだな！』と嬉しそうに言い出した。やっと信用してくれたらしい。

自傷行為をしなくなったので、今では夜寝るとき以外は鎖を外している。寝るとき鎖に繋がれることには依然文句をつけなかった。

割合からすると一日の三分の二はサリエルで、三分の一がエンデュミオンでいる時間だ。しばらくは気まぐれだったが、そのうちにゾフィーの父が勉学の指導に来るようになると、その頃には自然とエンデュミオンに替わるようになった。

『俺様は勉強が嫌いなのだ！』と意味不明に威張っているが、サリエルにはエンデュミオンでいるときの記憶がしっかりあるので、本当は嫌いじゃないのでは？　と思う。

逆にエンデュミオンはサリエルでいるときのことを覚えていない。正直に伝えてほしいと頼まれたので悪口雑言も偉そうな言動もごまかさずに報告した。

エンデュミオンは時に驚いたり、恥じ入ったりしながらも、真摯《しんし》に聞いている。そんな彼をゾフィーはますます尊敬するようになった。

ゾフィーも彼と一緒に父の講義を受けた。正直ゾフィーには難しすぎて理解できないことばかりだったが、できるかぎりエンデュミオンと一緒にいたいのでがんばった。

勉学の後は晩餐もそのまま摂れるようにもなった。残念ながらお風呂に入ってるあいだに『交替』してしまうが、この頃ではサリエルと話すのもけっこう楽しい。

彼とは友だちみたいに話せる。エンデュミオンはやはり憧れの存在というか、仰《あお》ぎ見る感じになってしまうのだが、サリエルは同い年か少し年下みたいに気兼ねなく喋《しゃべ》れるのがいい。

きちんと食事を摂るようになって、ガリガリに痩せていた身体にも段々と力が戻ってきた。

少し身体を動かしたほうがいいと、父は元衛兵のゲルルフに命じて室内で軽い運動などをさせている。外に出してあげては……と頼んでみたが、もう少し様子を見てからだそうだ。

エンデュミオンの入浴の世話をしているゲルルフが言うには、最初彼を入浴させたとき、痩せた身体に拷問されたような痕《あと》があったそうだ。

父に尋ねると一部の祓魔師が祈祷《きとう》の効果が上がらないことに焦って叩いたのだろうという。熱湯風呂や冷水風呂に無理やり入れられたこともあるようで、初日の入浴はおとなしかったというより怯《おび》えてガチガチに固まっていたようだ。

「そのようなやり方は禁じられているのだが……。余程焦っていたのだな」

エンデュミオンが本来父公爵がするべき公務を押しつけられていることを聞いて父はひどく憤《いきどお》っていた。そういう状況は父が家庭教師を辞めてから一気に加速したらしい。

彼は本当に頭脳明晰《めいせき》な少年で、調子を取り戻すにつれて父と交わす対話は高度になってゆき、まもなくゾフィーには理解不能になってしまった。それでも彼の側にいたくて、自主的に書き取りをしたり、落書きをして過ごした。

そうして黙っていると例によっていつのまにか忘れ去られ、ふと気付いた父に驚かれる。

「どうして先生はあんなに驚くんだろうね」

と言われ、エンデュミオンには忘れられていないのだとわかってすごく嬉しくなった。母が言ったように、やはりふつうの人とは感覚が違うのだ。

それをサリエルに言うと、彼は不愉快そうに眉を吊り上げた。

「気付いてるのは俺だ。俺がエンデュミオンに教えてやっているんだぞ」

「そんなはずないわ。あなたはエンデュミオン様に乗っかってるだけでしょ。その眼も耳も、みんなエンデュミオン様のものだわ。あなたがそれを勝手に使ってるだけよ」

「なんだと！」

サリエルは憤然とゾフィーを睨み付けた。

「だったら今度から教えてやらん！　おまえなんか無視されりゃいいんだ。俺みたいに」

えっ、と思った瞬間、サリエルは消えてエンデュミオンになっていた。内心で毒づきながら、何も知らないエンデュミオンにあたるわけにもいかず、ゾフィーは懸命に笑顔を取り繕《つくろ》った。

サリエルの言ったことは本当だった。それ以来、エンデュミオンは他の人たちと同じように、ゾフィーの存在をふと失念するようになった。もちろん話しかければ気付いてもらえるが、一瞬ハッとするのがわかる。

　他の人と同じ反応なのに、何故か寂しくてたまらない。

「どうだ、わかったか」

　出てきたサリエルが得意げに胸を張り、言い返そうとした瞬間ぶわっと涙が噴きこぼれた。

ぽかんとしたサリエルは焦って眉を吊り上げる。

「な、なんで泣くんだよ⁉　気付かれないのには慣れてるって言ったじゃないか！　食事時になれば探しにきてくれるからいいんだって……」

「エンデュミオン様はヤなの！　何もなくても振り向いて、にこってしてほしいの！」

自分でも何故だかわからないほど腹が立ってわめく。ぼろぼろと涙をこぼしていると、それを拭おうとしたサリエルは迷ったように中途半端に動きを止めた。

「……そんなにあいつがいいのかよ。あんな、空っぽの奴が」

「空っぽじゃないもん！」

「空っぽだよ。中身なんてなんにもない。偽善者どもに操られてる、ただのお飾り人形さ」

「そんなことない！」

あふれる涙もそのままに、キッとサリエルを睨む。

「エンデュミオン様はキラキラしてるもの！　太陽みたいに輝いてる！」

「後光が射してるとでも言うのかよ⁉」

サリエルはこめかみに青筋をたてて怒鳴った。

「こいつはただの人間だ！　ただの子どもなんだ！　なのに勝手にありがたがって、病気が治ったただのなんだのと聖者に祭り上げて、都合よく操ってる……！」

彼は蒼い瞳を憤怒《ふんぬ》でぎらつかせた。唇を奇妙な形にゆがませ、彼は囁いた。

「今の聖公爵――こいつの親父《おやじ》だって、ただの人間さ。いいや、それ以下だ。……いいことを教えてやろう。こいつの親父……聖王様はな……、仮病《けびょう》を使って公務をサボってるんだぞ」

「け、仮病……⁉」

「ああ、そうさ。頭が痛くて死にそうだとわめいてな、出来の良い息子に名代をさせて、自分は愛人のところにしけこんでるんだ。母親も同様、表向きは貞淑《ていしゅく》な妻を装いながら夜遊び三昧。

いかがわしい仮面舞踏会や賭博《とばく》場に入り浸りだ」

ゾフィーはぞっとした。彼の言うことがすべて理解できたわけではないが、何かとても禍々《まがまが》しいことだと感じたのだ。

「ハッ、何が聖公子だ！　奴はただ、いいように操られ、利用されてるだけのお人形さ。周囲の期待に合わせてニコニコ笑ってることしかできない能無しだ」

「エンデュミオン様は能無しなんかじゃないわ！」

「だったらただの偽善者だ！　……そうだ、こいつこそが最大の偽善者なんだ。操られていることに文句もつけられない臆病者の弱虫だ。だから悪魔《オレ》なんかに付け入られるのさ……！」

ククッと喉を引《ひ》き攣《つ》らせてサリエルは嗤《わら》った。

「人間どもはみんな自分たちの勝手な思い込みで、こいつをがんじがらめに縛りつけてる。ほんの少しでも期待から外れることを許さない。あれもダメ、これもダメ。ダメ、ダメ、ダメ……！　くそっ、おまえも奴らと同じかよ……！」

肩を掴まれ、激しく揺さぶられる。凄《すさ》まじい怒りに圧倒されてゾフィーはなすがままだ。

「ほ……本当に輝いて見えたの。キラキラして、あったかくて……。来てくれただけで嬉しかったから……どうしても、あげたくて……！」

「あげる？　何を」

「よ、四つ葉のクローバー……」

サリエルはぽかんとゾフィーを眺めた。

「四つ葉のクローバーだと？」

「持ってると願いが叶《かな》うって……言われてるから……」

「……そういや、こいつに差し出したっけな。みっともなくすっ転んだ挙げ句に」

冷笑され、頬を紅潮させて彼を睨む。

「おかげさまで願いは叶ったぜ。こいつは何もかも投げ出して逃げたかったんだから。望みどおりお払い箱になって、こうして田舎でボーッとしてられる。万々歳だな」

「お払い箱……⁉」

「ちゃーんと身代わりが用意されてるのさ。よく似た代役がいるから誰も困らない。愚民《クズ》どもはそいつをありがたがって、拝んで、体調がよくなっただのなんだのと喜んでる」

「そ、それはエンデュミオン様だと思い込んでいるからよ」

「ずっと思い込んでりゃいい。どうせ誰が演じたって同じなんだ。お優しい聖公子様を演じていれば、みんな満足する……」

彼は呟き、ゾフィーの肩口に力なく頭を落とした。よろけそうになるのを懸命に踏みとどまって支える。

「わかるわよ！　きっと気付くわ。太陽と月を見間違えることは、けっしてないもの」

必死に叫んで彼の背をぎゅっと抱きしめた。

「エンデュミオン様は、とっても綺麗な光よ？」

「……俺は、闇《やみ》だ」

サリエルは呟いた。

「奴が光り輝けば輝くほどに深くなる、闇なんだ……」

彼は身を起こし、じっとゾフィーを凝視《みつ》めた。一瞬、彼がサリエルなのかエンデュミオンなのかわからなくなった。

「俺にもくれよ。四つ葉のクローバー」

彼は囁いた。蒼い瞳に、ふっと寂しげな光が浮かぶ。

「そうしたら消えてやる」

「え……？」

「おまえの願い、叶えてやるよ」

彼は微笑んだ。そして、そっとゾフィーの肩を押して身を離すと、隣室へ静かに消えた。


お昼に会ったとき、彼はエンデュミオンになっていた。父がやってきて講義が始まると、ゾフィーはそっと抜け出して別館の裏手に広がる草地へ行った。草地の際は崖になっていて、その下に川が流れている。去年大雨で崖が崩れ、危ないからそこでは遊ばないようにと言われていたが、クローバーが群生しているのはそこだけなのだ。

一心不乱に探したが、四つ葉のクローバーはなかなか見つからなかった。二年前もここで探し回り、時間ぎりぎりでやっとひとつだけ見つけた。彼が家族と歓談しているあいだ、ひとりで探したのだ。いつものように、ゾフィーがいないことには誰も気付かなかった。

本当はゾフィーだって美しい公子様を側で眺めていたかった。だけど、何故だか彼を一目見た瞬間、何かしてあげたい……！　と思ってしまったのだ。しかし七つになったばかりのゾフィーが聖公子様にしてあげられることなどあるだろうか。

とっさに思いついたのが四つ葉のクローバーだった。願いが叶うという四つ葉のクローバー。母が言うには四つの葉っぱにはそれぞれ意味があって、「名声」「富」「健康」「誠実な愛」を表わすのだそうだ。それが四つ揃って「真実の愛」となる。

四つ葉のクローバーをあげれば、その全部をあげられるのでは……と幼いゾフィーは考えた。あの美しい少年にはそのすべてがふさわしい。

ようやく見つけた四つ葉のクローバーを手に、ゾフィーは走った。馬車に乗る直前、なんとか手渡すことができた。見送りの人々に押されて転んでしまったけど、おかげで公子様自らに助け起こされ、微笑みとキスまでもらえた。

（あのクローバー、どうなったのかしら……）

今でも持っていてくれるのだろうか。エンデュミオンは覚えているのだろうか。あのことを口にしたのはサリエルだった。

『俺にもくれよ』

そう呟いたときの彼は、なんだかとても寂しそうな目をしていた。

幸運を呼ぶという四つ葉のクローバー。悪魔にあげてもいいものかしら？　それとも悪魔を祓う力があるの？

『そうしたら消えてやる』

寂しげに呟いた悪魔《サリエル》。そうよ、彼は消えるべきだわ。彼が暴れるからエンデュミオン様は聖王庁にいられなくなった。

ああ、だけど。だけど――。

『天使かも、しれない』

そう言って微笑んだエンデュミオン様。

サリエル。

あなたは本当に悪魔なの？　それとも天使なの？

闇なの？　光なの？

あなたは誰なの――。

「――あった！」

ようやく見つけた四つ葉のクローバー。光り輝いて見えるそれに手を伸ばした瞬間。足元が崩落した。這《は》いずり回って探すうちに、崖に近寄りすぎていたのだ。

「きゃ……‼」

必死に掴んだ四つ葉のクローバーを胸元に庇い、急斜面を転げ落ちる。去年の崖崩れで残った倒木にかろうじて引っかかった。

なだれ落ちてくる土砂をなんとかやり過ごし、こわごわ見上げると土が剝《む》き出《だ》しになった斜面と次第に黄昏《たそがれ》てゆく空が見えた。

ゾフィーは枯れかけた木の幹にまたがるような恰好《かっこう》で引っかかっていた。たとえ立ち上がって背伸びしても崖の上には手の届かない位置だ。下には蛇行する川が流れている。幅はたいしたことないが、流れはけっこう速そうだ。それにゾフィーは水泳が得意ではない。

「た、助けて……！」

叫んだとたんに枯木がぐらりと揺らぐ。

ガタガタ震えながらゾフィーは自分に言い聞かせた。

「大丈夫よ。食事時になれば誰か捜しに来てくれるわ」

しかし家にいるのは父だけだ。近頃は別館で食事をしているから、きっと父は気付かない。

「マグダが気付くわ……。食事を持ってきてくれるもの……。そのとき絶対気付くわ……」

でも、こんなところにいるとは思わないだろう。ここは立入禁止の場所だ。サリエルはゾフィーが四つ葉のクローバーを探しに行ったことを知っているけれど、今はエンデュミオンが表に出ている。サリエルのときの言動を彼は覚えていない。

サリエルは教えてくれるかしら？　きっと黙ってるわ。わたしに怒っていたもの。

だんだんと辺りが薄暗くなってきて、ますます怖くなる。泣きながら四つ葉のクローバーを握りしめていると、かすかに名前を呼ぶ声がした。

「ゾフィー……ゾフィー……どこだ……？」

「こ、ここ……！」

ハッとして伸び上がるとまたガクンと倒木が揺れた。ミシミシといやな音がする。根っこが次第に浮いて、傾きが大きくなってゆく。

「ゾフィー！」

頭上で怒鳴り声がして、顔を上げるとサリエルが真剣な表情で覗き込んでいた。いや、エンデュミオンだろうか。そんなはずない。だって彼は別館から出ないって約束しているんだもの。

「何やってんだ、ほら、掴まれ！」

必死に手を伸ばす少年を、まじまじとゾフィーは凝視《みつ》めた。

「サリエル……？　どうしてここにいるの？」

「どうでもいいから早く掴まれっ」

ぐらぐらする幹の上にどうにか立ち上がり、手を伸ばす。

「両手で掴まれ」

「だめよ。四つ葉のクローバーを見つけたの」

「そんなもん捨てろ！」

「そんなもんとは何よ⁉　サリエルが欲しいっていうから一生懸命探したのに！」

怒鳴った勢いで泣きだすとサリエルは焦って身を乗り出した。

「わ、悪かったよ。見つけてくれたんなら、もういい。ちゃんと受け取った」

「だめ。やっと見つけたんだもん――、きゃあっ⁉」

がくんと衝撃が来て身体が沈む。枯れた根っこが土を撒《ま》き散《ち》らした。

「ゾフィー！」

サリエルの叫び声と、別の誰かの叫び声が交錯する。サリエルが飛び込んでくるのが見えた。そのままふたりして斜面を転げ落ちる。大きな衝撃が来て、ばしゃんと水音がした。

だが、川には落ちなかった。気がつくと折り重なる倒木でふたりの身体は止まっていた。サリエルが下になってくれたおかげでゾフィーはぶつからずに済んだ。さっきの水音は押し出された倒木が川に落ちた音らしい。

「う……」

サリエルが呻《うめ》く。彼は斜面を転がり落ちながらしっかりとゾフィーの身体を抱え込んでいた。

「サリエルっ、大丈夫……⁉」

「ああ……、平気さ……」

彼は泥まみれの顔で弱々しく微笑んだ。

「よかった。四つ葉のクローバーの、おか……げ……」

握りしめた左手を見て、ゾフィーは愕然《がくぜん》とした。そこには茎があるだけで、四つ葉どころか一枚の葉も残ってはいなかったのだ。

「そんな……！　せっかく見つけたのにっ……」

「大丈夫さ、ちゃんと受け取った」

「でも……っ」

涙を浮かべるゾフィーに彼は微笑んだ。

「俺のために見つけてくれたんだよな……？」

こくこくと懸命に頷く。

「サリエルにあげたかったの。本当よ……」

「うん……。ありがとな……」

くたりと彼の身体から力が抜ける。

「サリエル……？　——っ」

慌てて彼を支えたゾフィーは、彼がもたれていた木の幹が赤く染まっていることに気付いて息をのんだ。折れた枝の付け根が、彼の背中に突き刺さっていた。

「サリエルっ……！」

ゾフィーは悲鳴を上げた。我を忘れて叫び続けた。


ふたりはすぐに救出された。ゾフィーがいないと聞くなりエンデュミオンはサリエルに入れ替わり、クローバーが咲いているのはどこだと詰問《きつもん》した。とまどいながらマグダが別館の裏手でしょうか……と呟くや否や、顔色を変えて部屋を飛び出した。その後を慌てて追いかけたゲルルフが崖から落ちる彼を目にして駆けつけたのだ。

背中の傷はそれほど深くはなかったが、こまかい木片を取り除くのに時間がかかった。痕が残ると医者から聞き、ゾフィーは本人以上にショックを受けた。気にしなくていいとエンデュミオンは言ってくれたが、そうはいかない。

サリエルにも謝りたかったが、あれ以来彼は出てこなくなった。ケガのため寝るときの鎖は外し、ゾフィーは別室で休んだが、サリエルが騒ぐことはなかった。そのまま別室で休むようになり、父の命令で本館に戻った。それでもサリエルは出てこなかった。

(本当に消えてしまったの……?)

喜ばしいことなのに、何故だか寂しい。

エンデュミオンとはそれからも一緒に過ごしたが、ふと彼が振り向いて微笑むと、つきんと胸が痛むのだった。彼に対する憧憬も尊敬も変わらないのに、どこか寂しい……。フフンと尊大に鼻で笑うサリエルが憎たらしかったはずなのに。もう一度、あの偉そうな物言いが聞きたいと願ってしまう。

もう大丈夫だろうとの父の判断により、エンデュミオンは聖王庁へ戻った。別れ際、彼はゾフィーの目許にそっとキスをした。優しく穏やかな微笑みはまさしく聖公子エンデュミオンで……。ふと浮かんだ涙を、ゾフィーは嬉し涙なのだと繰り返し自分に言い聞かせた。

エンデュミオンが聖公子に復帰して半年後。彼の両親である聖公爵夫妻は不慮の事故で突然亡くなった。エンデュミオンは聖公爵位を継ぎ、名実ともに〈聖王〉となった。

ゾフィーがふたたび彼と出会うのは、それから十一年後のこと——。

第二章　聖者との再会

「ねぇ、ゾフィー。とっとと嫁に行ってくれない？」

だしぬけに妹から言われ、ゾフィー・クリーゼルは目を丸くした。

「いきなりなんなの、エミリア？」

「わたし、早く結婚したいのよ」

「すればいいじゃない。誰も反対なんてしてないわ」

ゾフィーは読んでいた本をぱたんと閉じた。

エミリアには半年ほど前から交際している相手がいる。中級貴族出身の若い将校で、任務中に負った怪我《けが》の療養のため妹を連れてこの地方にやってきた。ふとしたきっかけで知り合い、家族ぐるみで付き合ううちに意気投合して今では公認の仲だ。

「上がつかえてるんだもの、そうはいかないでしょ」

「……もしかして遠慮してるの？」

「ゾフィーが心配なのよ。わたしが先に結婚しちゃったら確実に嫁かず《い》後家《ごけ》だもの」

きっぱり言われてゾフィーは肩をすくめた。物言いは無遠慮でも気遣ってくれているのはわかる。エミリアは目鼻だちのくっきりした勝気な美人で舌鋒《ぜっぽう》鋭いため、きつい性格だと思われがちだが芯はとても情が深いのだ。

「結婚しなくてもお父様の秘書として聖王庁からお給金をいただいてるから生活はできるわ」

「お父様が亡くなったらどうするのよ⁉　後任の枢密卿が雇ってくれる保証はないでしょう」

「そうだけど……。でも、誰かひとりくらい側に付いていてあげたいじゃない？」

三年前に母が病気で亡くなり、父はひどく気落ちした。しばらくは教会の仕事をこなすのが精一杯で好きな研究にも手がつかず、恒例だった冬の集中講義もずっと休んでいる。

父と同じ聖職者の道を選んだ長兄は、司祭に任命されて教会をひとつ任され、妻とともに赴任している。任地が遠いため手紙のやりとりが主で会うことは滅多《めった》にない。

姉は海辺の別荘で出会った外国貴族に見初《みそ》められ、結婚して海の向こうへ行ってしまった。末の弟は王都近郊の寄宿学校で勉学中。残っているのは次女のゾフィーと三女のエミリアだけ。エミリアが交際している将校は近衛隊《このえたい》所属で、基本的に王都詰めだから結婚したらエミリアも王都へ移ることになる。まだ母の死から立ち直れないでいる父を残して嫁ぐ気にはなれない。

「だったら地元の紳士と結婚すればいいわ。誰かいい人はいない？　舞踏会で踊った人とか」

「基本的にわたし、壁の花だから」

「そういうこと自分で言わないの！」

エミリアは眦《まなじり》を吊り上げてキッと姉を睨んだ。

「別に僻《ひが》んでるわけじゃないわ。わたしはあなたみたいにダンスが得意じゃないし。それにね。

壁の花でいると、いろいろと噂話が耳に入ってきておもしろいのよ」

存在感希薄なゾフィーは黙っているといつのまにかそこにいることを忘れられているという『特技』の持ち主だ。舞踏会に出席すれば男女問わず様々な情報が耳に飛び込んでくる。

エミリアは盛大に溜息をついた。

「ゾフィーには何がなんでもわたしより先に結婚してもらわなきゃ。——手帖《てちょう》を見せて」

「なんの手帖？」

「決まってるでしょ！　舞踏会の手帖よ」

ほらほら出しなさいと手を揺すって凄《すご》まれ、仕方なく机の抽斗《ひきだし》から小さな手帖を取り出した。

舞踏会のときにダンスの予約を書き込んだり、踊った相手の記録をつけたりするものだ。

「……見事にスカスカね」

溜息をつかれ、ゾフィーは顔を赤らめた。

「少しは入ってるわよ。ほら、リーダルさんとか、ホガートさんとか……」

「おじいちゃんばっかりじゃないの！　確かに地元の名士だけど」

「黙って立ってても、お年寄りにはわりと気付かれるのよ。やっぱり亀の甲より年の功よね」

「まさか口説かれたの⁉」

「ううん。若い人とも踊りなさいって、ご親切に知り合いの殿方を紹介してくださったわ」

「その殿方とは、その後……？」

「みんな一回踊って終わり」

はぁぁ……とエミリアは深い溜息を洩らした。

「ねぇ、ゾフィー。努力はしてる？　目に留まろうとか、今後のお付き合いに繋げようとか」

「考えたことないわねぇ。みんな悪くはないけど、ピンと来るものもないし……」

「どうせこれまでの人生でピンと来たのは聖公子様だけなんでしょ」

妹の呆れた口調にゾフィーはうっすら頬を染めた。

聖公子エンデュミオンは今では聖公爵——聖王として父と兄の属する聖教会の頂点に立つ人物だ。癒しの力を持つ聖者として、国内外から崇敬を集めている。

エンデュミオンは十一年前、心身の不調のためゾフィーの父に預けられ、一月《ひとつき》ばかり別館で静養していた。父とゾフィー以外の家族は海辺の別荘へ出かけており（本当はゾフィーも行くはずだったのだが）、ゾフィーはエンデュミオンの希望で彼の話し相手を務めていた。

正確にはエンデュミオンではなく彼に取り憑いた悪魔——サリエルに強要されて、だが。

サリエルのことを思い出すと、つきんと胸が痛んだ。渡せなかった四つ葉のクローバー。消えてしまった彼……。

「もう一度会いたいんじゃない？」

驚いて顔を上げるとエミリアは肩をすくめた。

「今でもエンデュミオン様が好きなんでしょ。最初に会ったときから、そりゃもう必死だったものね。四つ葉のクローバーを握りしめちゃって」

「エミリアの肘鉄《ひじてつ》のおかげでエンデュミオン様に気付いてもらえたわ。ありがとう」

「そういうことじゃないの！　言っとくけどわざと突き飛ばしたんじゃないわよ!?」

「わかってる」

ゾフィーは苦笑した。ただ単に、いつものように気付かれなかっただけだ。

「もしかして、今でもあの方が好きなの？」

「別に……」

と言葉を濁したところでふと思いついた。手の届かない人物が好きなのだということにしておけば、妹の結婚を邪魔せずに済むのでは？

「——そ、そうなの。実はね……エンデュミオン様以外の殿方はどうにも目に入らなくて」

「なら簡単よ。聖公爵様と結婚すればいいんだわ」

あっけらかんと返されて、ゾフィーはぽかんとした。それじゃ仕方がないわね……と諦めてくれるとばかり思ったのに。

「な……何言ってるの？　エミリア……」

「エンデュミオン様は未《いま》だに独身。そしてゾフィーは枢密卿の娘。身分の問題はないわ。年だって、えぇと……エンデュミオン様はいくつだっけ？」

「お兄様よりひとつ下だから、今年で二十四歳ね」

「ゾフィーは二十歳だからこれまた全然問題なし！　さぁこれで決まりだわ」

ぱぁんと景気よくエミリアは掌《てのひら》を打ち合わせた。

「ちょ、ちょっと待ってよ。身分と年が釣り合うからって、どうやって知り合えばいいの？」

「何言ってるの。とっくに知り合ってるじゃない。療養中の話し相手をしてたんでしょ」

「……忘れられてるわよ」

「そんなはずないわ。一カ月も一緒にいたんだもの。それをきっかけにふたたび親しくなればいいのよ。具合が悪いとき親身に付き添ってくれた人には好意を抱くのが自然でしょう？　昔話に花が咲くうちに好意が恋に変わり、やがては愛に……」

少し思い込みの激しいところのあるエミリアは、小鼻をふくらませてグッと拳《こぶし》を握った。

「ゾフィーが聖公爵夫人になれば、わたしとリシャールの結婚式は聖王様がじきじきに執《と》り行ってくださるに違いないわ。そうしたらリシャールは出世まちがいなし！　今は分隊長だけどいずれは連隊長、そしてゆくゆくは近衛軍《このえぐん》全体の司令官……！　――ゾフィー、わたしたちの幸せのために、是非とも聖王様と結婚してちょうだい」

ガッと肩を掴まれてゆさゆさ揺さぶられる。

「あ、あのね、エミリア。そうしてあげたいのはやまやまだけど、本当にエンデュミオン様は、わたしのこと……っていうか療養中のできごとは全然――」

ぐらぐらしながら必死に訴えているとコツコツと扉が鳴った。

「ゾフィーはいるかな？」

妹の手がゆるんだのをさいわい、サッとゾフィーは立ち上がった。

「お父様。何かご用でしょうか？」

父は歩み寄ったゾフィーに困惑したような顔で頷いた。手には開いた書簡を持っている。

「ちょっと書斎に来てくれないか」

なんだろうと首を傾げつつ父に続いて出ようとすると、エミリアが声を上げた。

「お父様、リシャールのお見舞いに行ってもいいですか？」

もうほとんど怪我は治っているのだが、療養休暇中ということで『お見舞い』と称している。

父はしかつめらしい顔で頷いた。

「かまわないが二人きりにならないよう気をつけなさい。まだ正式に婚約したわけではないのだからね」

「大丈夫よ。妹のマリアンヌがいるもの」

よろしい、と父は頷いた。エミリアは姉に向かって意味深なウィンクをした。また後で続きを話そうということか。ちょっと眉をひそめてみせ、ゾフィーは父の後を追った。

書斎に入ると父は重厚な執務机に着き、机の前に置かれた椅子を目で示した。ゾフィーが座ると、父は手にしていた書簡にもう一度目を通し、ふぅと溜息をついた。

「……あの、お父様。何か問題でも？」

「うむ……。実はな、聖公爵閣下が近々こちらへお越しになるそうだ」

「聖公爵閣下——。って、えっ⁉　聖王様ですか⁉」

「ああ、エンデュミオン様だ。枢密卿領のご視察で、ここメルドゥヴァン地方が最後となる」

枢密卿は聖教会において聖公爵を補佐する立場にある。定員は十一人。よほどの不祥事《ふしょうじ》がないかぎり終身制で、任期中はそれぞれに枢密卿領という領地を賜《たまわ》る。

ゾフィーの父、フェルディナント・クリーゼルが預かるメルドゥヴァン地方は主要街道から外れているため、ロファール王国で最も鄙《ひな》びた地方と揶揄《やゆ》されることも多い。しかし父も亡き母も、風光明媚《ふうこうめいび》でのんびりした土地柄を気に入っていた。子どもたちも同様だ。

「数年前から閣下は枢密卿領のご視察を始められた。他の公務の合間に、一年に三、四か所を回られ、ここが最後となる」

「エンデュミオン様が、こちらに……。十一年ぶりですね」

「もうそんなになるか……」

父も感慨深そうに顎を撫でた。この十一年ゾフィーは一度も聖王に拝謁していないが、父は何度か聖王庁に出向いている。

父は軽く咳払いをして表情を改めた。

「ゾフィー。すでにおまえには話したが、エンデュミオン様がこちらへ来られるのは、公式には十三年ぶりということになる」

ゾフィーもまた表情を引き締めた。

「わかっています。十一年前にこちらへ療養にいらしたことは記録されていないのですね」

「そうだ。記録されていないし、閣下も覚えていらっしゃらない」

わかってはいてもやはり胸が痛んで、ゾフィーはきゅっと唇の裏を噛んだ。

十一年前。当時公子だったエンデュミオンは、『悪魔に取り憑かれた』としてひそかに父のもとへ連れてこられた。

祓魔師ではない父の元へ彼が送られたのは、聖王庁の手配した祓魔師が軒並《のきな》み失敗して手だてがなくなり、困り果てた聖公爵夫妻に頼み込まれてのことだったらしい。

エンデュミオンは穏やかで聡明《そうめい》な少年で、その二年前から彼に憧れていたゾフィーはますます彼を尊敬した。一方で彼に取り憑いた悪魔《サリエル》とも奇妙な友情とも言える心の繋がりが生まれた。

サリエルはゾフィーをかばって怪我をしてからふつりと出てこなくなり、傷が癒えるとエンデュミオンは聖王庁へ復帰した。一抹の寂しさを感じながらゾフィーは彼を見送ったのだった。

その半年後、彼の両親は馬車の事故で同時に亡くなり、エンデュミオン自身も重傷を負った。見舞いに出向いた父は帰宅すると衝撃的な事実を告げた。事故のショックで、彼はそれまでの記憶を失ってしまったというのだ。

メルドゥヴァンで療養していたことも、その二年前に公務で訪れたときにゾフィーと出会ったことも、何ひとつ覚えていない。それを聞いた夜はひそかに涙にくれた。悪魔《サリエル》が消えたように、エンデュミオンのなかからゾフィーは消えてしまったのだ。

それでよかったのかもしれない。聖公爵となったエンデュミオンは歴代でもっとも優れた聖王との評判で、国内外の崇敬を集めている。〈癒しの聖者〉とも呼ばれ、行幸すれば彼の按手《あんしゅ》を求める人々が沿道に列をなし、一目なりともその麗姿《れいし》を拝もうといつも黒山の人だかりだ。

そう、エンデュミオンは容姿もまた飛び抜けて美しい。ゾフィーは十三歳当時の彼しか知らないが、当時でさえうっとり見惚《みと》れてしまうほどの美少年だった。

二十四歳になった今ではすらりと背が高く、極上の絹糸のような黒髪で、最高級のサファイアのごとき美しい瞳をしているのだそうだ。にっこりと微笑んだだけで老若男女を問わずへなへなと腰が抜けそうになるという。

いくらなんでも盛りすぎだろうと思ったが、王都から父が取り寄せている新聞の記事を読むと実際に失神する若い娘が続出しているそうだ。王都では彼の絵姿が大人気で、公式肖像画には目が飛び出るような高値が付き、非公式に出回っている肖像画の写しの写しの写し……くらいの怪しい絵姿まで飛ぶように売れるという。

実を言うとゾフィーも小さな肖像画が一枚欲しくて聖王庁に出かける父に何度も頼もうとしたのだが、やはり恥ずかしさというか照れくささが勝って頼めなかった。

もはや手が届かなすぎて、十一年前に一月《ひとつき》親しく過ごしたことも、その二年前に四つ葉のクローバーを渡して額と鼻にキスしてもらったこともすべて夢だったような気がする。

その彼と結婚しろなんてあっけらかんと言い出した妹を思い浮かべ、ゾフィーは苦笑した。

「……大丈夫かね、ゾフィー？」

不審げに父に問われ、ハタと我に返ったゾフィーは軽く咳払いをしてごまかした。

「大丈夫ですわ。けっして余計なことは申しません。黙っていれば気付かれることもないですし。お父様の後ろに控えて空気に徹します」

「う、うむ……」

意気込んで言うと父は微妙な顔で口ごもった。

「あっ、屋敷に引っ込んでいたほうがよければ、遠くからお姿を拝むだけに留めます。お姉様が嫁ぎ先から送ってくださった最新式の遠眼鏡《とおめがね》がありますから――」

「いやいや！　おまえが平気なら、せっかくの機会だ、ご挨拶させていただきなさい。ただその……、がっかりしないでほしくてな……」

ようやくゾフィーは父の意図を察した。以前に出会っていることをエンデュミオンは忘れている。挨拶すれば、きっと初めて会う人のように扱われるだろう。それで娘が傷つくのではないかと父は心配しているのだ。

ゾフィーは微笑んだ。

「……ご心配には及びません。忘れられていても、きっとエンデュミオン様は初めて出会ったときのように優しく応対してくださるでしょう」

そう。最初に彼と出会ったとき、ゾフィーは彼の目の前でいきなり地面に突っ伏すという醜態を晒《さら》してしまった。エンデュミオンはそんなゾフィーを優しく抱き起こしてハンカチで顔を拭い、額と鼻の頭にそっとキスしてくれたのだ。

今度は転んだりしない。精一杯優雅にお辞儀してみせよう。有らん限りの敬愛を込めて。


聖王一行がメルドゥヴァン地方を訪れたのは手紙が届いてから一週間後のことだった。抜き打ち査察という面もあるらしく、領地によっては三日しか猶予《ゆうよ》がなかったそうだ。一週間猶予をもらえたのだから、特に怪しまれてはいないと思ってよさそうだ。

むろん父が怪しげなことなどするわけがないと信じている。聖王庁での政治的な駆け引きにうんざりして領地に引き籠もってしまうような人物なのだから。

父の前にこの領地を預かっていた枢密卿は、ほとんど聖王庁と王宮のある王都で暮らしていた。年に何度か大勢の客をつれて戻ってきては、舞踏会やら晩餐会やら趣旨のよくわからないパーティーやらを催していたそうだ。

後任の父とはありとあらゆる面で真逆で、前領主にほとんど放置されていたこの地方の人々は最初ひどくとまどったらしい。今では父は領主としてとても評判がいい。父が奨励《しょうれい》して始めたトマト栽培が軌道に乗り、名産品となって領民の収入も増えた。日持ちする干しトマトは王都にまで流通しているという。

一行を迎える前に、妹にはかいつまんで事情を説明した。悪魔うんぬんは省略して、十一年前の『療養』は記録されていないこと、エンデュミオンは馬車の事故の影響でそのときの記憶をなくしていることのみ伝えた。

初めて事情を聞かされてエミリアは驚き、忘れられちゃったなんてショックよね……と姉にいたく同情した。

「あ。でも十三年前に初めて行幸されたときのことは公式記録にあるのよね？　本人が覚えていないとしても」

「そうだけど……？」

「じゃあ諦める必要なんてないわよ。そのときの話をすればいいんだもの。ずいぶん前のことだから忘れていてもおかしくないって周りの人も思うはずだわ」

あくまで前向きな妹に、ゾフィーは額を押さえた。

「エミリア。お願いだから黙ってて」

「えぇ～。印象づけるには最適なのに。目の前でべちゃっとコケたなんて、強烈よ？」

「強烈に恥ずかしいからむしろ忘れてほしいのっ」

ゾフィーは眉を吊り上げた。どうしても姉を先に片づけたいエミリアはかなり粘《ねば》ったものの、父にも諭されて最後にはしぶしぶ承諾してくれた。

父の考えでは、以前ここに行幸したときのことは周囲の者が記録を当たるはずだからあらかじめ承知しておられるだろうとのこと。『以前お会いしましたね』くらいは言われるかもしれないが、ここぞとばかりに食いつかないようにと父はエミリアによくよく言い聞かせた。

聖王一行は領内を検分するため屋敷に三泊する予定だという。公式の行幸なのでお供の数も相当だ。別館をまるごと使っていただくことにして、慌ただしく準備が始まった。

枢密卿の秘書であるゾフィーは準備の指揮を執り、エミリアにも手伝ってもらいながら召使たちにあれこれと指示を出した。

十一年ぶりに足を踏み入れた別館は、以前とほとんど変わらなかった。定期的に空気の入れ換えや掃除はしていたが、模様替えなどは一切行っていない。

エンデュミオンにはどの部屋を使ってもらおうか迷ったが、結局以前と同じ部屋にした。そこが一番広くて上等な部屋だったのだ。

（大丈夫よ。ここにいたことを覚えていないんだもの）

念のためカーテンや絨毯《じゅうたん》は取り替えた。ベッドは無理なのでそのままだが、天蓋飾りなどの装飾はできるだけ別のものにした。頭側の支柱を見ると、ここに鎖で繋がれて眠っていた少年をどうしても思い出してしまい、胸が痛んだ。

前日までかかって別館を隅々まで磨き上げ、万全の体制で出迎えに臨《のぞ》む。聖王の一行が屋敷に到着したのは夕方だった。予定では午後早くのはずだったのだが、道中で休憩するたびに近隣の住民が集まってきて握手を請われる。それに対応しているうちにどんどん予定がずれ込んだらしい。先導役として複数の従僕を送っておいたので、休憩のたびに彼らが交替で駆け戻ってきては現在地を報告した。

この調子では日が暮れてしまうのではないかとやきもきしたが、どうにか明るいうちに馬車の列が見えてきた。ひときわ立派な四頭だての箱馬車が聖公爵の乗る馬車だ。車体は美しい群青色《ぐんじょういろ》。木彫の装飾部分には金箔《きんぱく》が貼られ、傾き始めた陽射《ひざ》しにキラキラと輝いている。

本館の玄関前に召使もふくめてずらりと並んでお出迎えする。父の後ろに妹と並んで立ちながら、ゾフィーはどきどきと胸を高鳴らせていた。新聞の挿絵で最近の姿は目にしているが、実際にはどうなのだろう。

馬車は父の正面で見事にぴたりと停《と》まった。馬車の後部から飛び下りた従僕が、さっと踏み台を置いて馬車の扉を開く。同時に父が深々と頭を垂れ、ゾフィーを始めその場の全員が同様に頭を下げた。

コツコツと清澄な靴音が石畳の上を近づいてくる。

「──久しぶりだね、クリーゼル卿」

響きのよいなめらかなテノールの声がした。上等な天鵞絨《ビロード》──いや、最高級の黒貂《くろてん》の毛皮を思わせる艶と深みを持った声音だ。聖職者にしては少々艶っぽすぎるような気もしないではないが、とにかくうっとりするような美声である。ぞくぞくと余韻が鼓膜を震わせ、ゾフィーは我知らず頬を染めた。

父はさらに深く頭を垂れた。

「聖公爵閣下。このたびの行幸、まことに光栄でございます」

「どうぞ、顔を上げて。皆もそう畏《かしこ》まらず」

気さくな口調にようやく父が姿勢を戻し、ゾフィーもおずおずと顔を上げた。上目遣いに窺ったゾフィーの心臓がドキンと大きく跳ねる。父の前にすらりと長身の青年が佇《たたず》んでいた。

ダルマティカという丈長《たけなが》チュニックの上にコープという半円形のマントをまとっている。純白の衣裳《いしょう》は裾や袖口が金糸の刺繍で縁取られ、高貴かつ清雅な雰囲気が漂う。

父は差し出された聖王の右手を両手で押しいただき、中指に嵌《は》められた大きな指輪──聖公爵位の印に唇を近づけた。指輪には鶉《うずら》の卵ほどもあるスターサファイアが嵌まっている。

姿勢を戻した父に、聖王エンデュミオンが微笑みかける。その顔を、ゾフィーは父の後ろで言葉を失って見つめていた。

新聞記事の挿絵は確かに似せて描かれていたが、似てはいてもやっぱり全然別物だ。輝きが違う。最初に出会ったときから感じていた、目には見えない不思議な輝き。全身から放たれる光は目を閉じていても後ろを向いていてもはっきりと感じ取れる。

胸がいっぱいになって見つめていると、父と話していた彼がゾフィーにふと視線を留めた。視線が完全に合致する。頭のどこかで、カチッと鍵が回る音が響いた気がした。

蒼い瞳がゆっくりと見開かれる。

（……え）

ゾフィーは当惑した。

わたしを見てる……？　そんな、まさか。だっていつも、こういう状況だと紹介されるまで気付かれることはないわ。

「──閣下？　どうかなさいましたか？」

付き人が気ぜわしげに質《ただ》した。大きな鼻に金縁《きんぶち》の丸メガネを載せた小男《こおとこ》で、服装からゾフィーの父と同じ枢密卿だとわかる。

エンデュミオンは答えなかった。無言で食い入るようにゾフィーを凝視《みつ》めている。顔色が急激に青ざめ、色を失った唇が固く引き結ばれた。その唇がこまかく震え始め、やがて震えは全身へと広がった。

「閣下、ご気分でも……？」

伸ばされた父の腕を、エンデュミオンが掴む。それでも視線はゾフィーから逸《そ》れない。彼はよろけるように一歩足を踏み出し、次の瞬間がくりと膝から力が抜けた。

「閣下！」

小男の枢密卿が悲鳴を上げる。大きく揺らいだ彼の身体を、がっしりとした腕が支えた。帯剣した武官——彼の護衛役だろう。エンデュミオンとよく似た蒼い瞳は鷹《たか》のように鋭く、白に近いほど淡い金髪をしている。

護衛官に支えられてもエンデュミオンの視線は揺らがない。ゾフィーもまた縫い留められたように彼から視線を逸らすことができなかった。もしも視線が糸か紐《ひも》のようなものなら、どんなに引っ張っても取れない固結びになっていたことだろう。

棒立ちになるゾフィーに向けて、かすかに指先が伸ばされる。何事か呟くように唇が戦慄《わなな》いた。慌てふためく周囲の喧騒《けんそう》で聞き取れなかったけれど、唇の動きから彼が何を言ったのかゾフィーは悟った。

『ゾフィー……？』

彼は呟いた。知らないはず——忘れたはずの、自分の名を。

気を失った聖公爵エンデュミオンは急いで屋敷に運び込まれた。取り急ぎ玄関から一番近い居間の長椅子に寝かせ、気付け薬を嗅がせる。彼は顔をしかめ、顔をそむけて咳き込んだ。

「ジン……。ジンはどこだ……⁉」

「ここにおります、閣下」

答えたのは彼をここまで担ぎ入れた護衛官だ。長椅子に横たわるエンデュミオンの傍らに跪《ひざまず》き、口許に耳を寄せて小さく頷いている。

エンデュミオンがふたたび目を閉じると、彼は立ち上がって厳《いか》めしい顔つきで告げた。

「閣下はご気分が悪いので、しばし静かにお休みになりたいとのことです。皆様は別室にてお待ちください」

「クリーゼル卿、すぐに医者を手配したまえ」

小男の枢密卿が尊大な口調でゾフィーの父に命じた。フェルディナントは無表情に頷き、控えていた執事のゲルルフに手で合図をした。一礼したゲルルフが素早く退出する。

フェルディナントはエンデュミオンの側に跪いた。

「閣下、医師が来るまでしばし時間がかかります。私にも多少心得がございますので、お脈を取らせていただいてよろしいでしょうか」

「頼む」

エンデュミオンの答えはほとんど囁き声だった。

「……少し脈が速い。閣下、胸は苦しくありませんか」

「大丈夫、頭がぐるぐる回っているが……しばらく横になっていれば治まるだろう。すまないが、水を一杯いただきたい」

「すぐに持ってまいります！」

即座にゾフィーは身を翻《ひるがえ》した。厨房に置かれた素焼きの壺《つぼ》からゴブレットに水を汲《く》んで駆け戻ると、居間からぞろぞろと人が出てきた。従僕に医者を呼びにいかせたゲルルフが戻ってきて、お付きの人たちを別室に案内している。

室内に残っていたのは小男の枢密卿と父、エミリア、ジンという名の護衛官だった。

「あ、あの……、お水をお持ちしました」

おそるおそる近づくと、小男の枢密卿がひったくるようにゴブレットを受け取った。

「閣下、お水でございます」

おもねるような声音で囁きながら跪いてゴブレットを近づける。エンデュミオンは顔をしかめて二口ほど水を飲むと、クッションに頭を戻した。

「……ザカリアス卿、少し休みたいので席を外してくれないか」

「そうはまいりません。このザカリアス、閣下のお目付役をヴァイラント卿より仰《おお》せつかっておりますので。私がお側に付いておりますゆえ、どうぞ気兼ねなくおくつろぎくださいませ」

駄々《だだ》っ子をあやすような口調にゾフィーはムッとした。慇懃《いんぎん》なくせに妙に威圧的で厭《いや》な感じだ。エンデュミオンは眉間にしわを寄せてかすかに嘆息した。

「ジン」

名を呼ばれた護衛官は、心得た様子でザカリアス卿の腕を取って引き起こすと奪い取ったゴブレットをゾフィーに押しつけた。

「は、放せ、この慮外者《りよがいもの》！　痛いっ、痛いというに……っ」

ジンは抗《あらが》う小男を有無を言わせず引きずっていき、室外へ放り出すと閉めた扉の前に番をするかのように陣取った。

長椅子の上で少し姿勢を直し、エンデュミオンはフェルディナントに軽く頭を下げた。

「到着早々見苦しいところを見せて申し訳ない」

「どうぞお楽になさってください。もう少し水を飲まれては」

父の目配せでゾフィーはおずおずと彼に歩み寄った。

後先考えずに飛び出して駆け戻ってきたことが急に恥ずかしくなる。本来なら使用人に命じるべきところだ。

ゾフィーを見上げて彼は微笑んだ。ほんの一瞬、蒼い瞳の奥で何かが揺らいだ気がしたが、続く彼の声にびくりとしたとたん、わからなくなる。

「ありがとう、お嬢さん」

曖昧に微笑んでゾフィーはゴブレットを差し出した。取り落とさないようにそっと手を添えて、彼が水を飲むのを見守る。

お嬢さん。

何気ない彼の言葉が頭のなかで反響した。倒れる前に名前を呼ばれたと思ったのは、やはり錯覚だったのだ。自分の願望が、都合よくそう思わせただけ……。

「──前にもこうやって飲ませてもらったっけな」

気落ちして眉を垂れていたゾフィーは、耳打ちするような囁き声にハッと目を見開いた。ゴブレットを支えるために跪いていたのでふたりの顔は意外と近くにある。ほんの一瞬、彼は口の端でニヤリとした。

ギョッとするゾフィーの手を、ゴブレットごと彼がぎゅっと掴む。

(サ……サリエル……!?)

だが次の瞬間、黒々しい翳《かげ》はすっと消え、彼は微笑んだ。温厚かつ高雅な、〈聖者〉エンデュミオンの貌《かお》そのもので。

「ありがとう、だいぶ気分がよくなった」

「そ……、それはよかった……です……」

しどろもどろに応じて立ち上がる。

(今のも錯覚……?)

ゾフィーの混乱に気付いたふうもなく、彼はフェルディナントに穏やかな口調で尋ねた。

「確か、卿の領地には一度来たことがあったね? ずいぶん前のことだが……」

「はい。閣下が十一歳の頃です」

「ではもう十三年も前になるんだな」

エンデュミオンは懐かしそうな顔になって頷き、ゾフィーを見上げた。

「こちらは貴卿のお嬢さんだね?」

「はい。次女のゾフィーで、二十歳になりました。――こちらが三女のエミリア。十八です」

急いで膝を折るゾフィーに続き、エミリアも一歩前に出て一礼した。さすがに緊張した様子で、余計なことを喋りだす気配はない。

「前にも会ったかな……？」

「はい、お立ち寄りの際、ご挨拶させていただきました」

エンデュミオンは苦笑混じりに会釈した。

「こんな恰好で申し訳ない。淑女たちの前で恥ずかしいね」

「とんでもございません！　きっとご公務の疲れが出たのですわ」

如才《じょさい》なく応じながらエミリアはちらちらと姉を窺っている。何か話しかけろと促されているのが目線で伝わってきたが、錯覚であれ悪魔《サリエル》の影をうっかり目にしてしまったゾフィーはそれどころではなかった。頭のなかは嵐が渦巻き、愛想笑いを浮かべるのが精一杯だ。

従僕が医者のソーントン氏を連れて戻ってきた。ゾフィーを始め家族全員が世話になっている人物だ。以前は王都の開業医だったが、息子に後を譲って早めに引退し、奥方とともにこちらへ移住してきた。父のチェス仲間でもあり、明日予定している歓迎晩餐会にも招待している。

外で待ちなさいと父に言われてゾフィーは妹とともに部屋から出た。扉が閉まるや否や、エミリアは目を輝かせた。

「チャンスよ、ゾフィー！　看護役を申し出なさい」

「お供の人たちがたくさんいるんだもの、わたしの出る幕なんてあるわけないでしょ」

「そんなことないわよ。聖王様があのネズミ男にうんざりしてるのは明白じゃないの」

「……ザカリアス卿のこと？」

「ネズミ男で充分よ。なんかヤな感じじゃな～い？　押しつけがましいというか、仕切りたがりというか……」

そこへ当のザカリアス卿がせかせかした足どりでやって来た。お付きの人たちにはゲルルフの采配で別室にて茶菓《さか》をふるまっているはずだが、気になって抜け出したのだろう。

「医者は来たのかね」

姉妹をじろりと一瞥《いちべつ》し、小男は後ろ手を組んで横柄《おうへい》に尋ねる。

「ただいま診察中です」

ゾフィーが答えるとザカリアス卿は眉を吊り上げた。

「なんだと⁉　なぜ私を呼ばん⁉」

彼はノックもせずに扉を開け、ずかずかとなかに入っていく。開けっ放しの戸口から覗いてみると、すでに診察は終わったようで、エンデュミオンは襟元《えりもと》をゆるめたダルマティカ姿で長椅子に座っていた。コープは脱いで軽くたたみ、膝に置いている。

「閣下！　ご気分はいかがですか」

室内の三人は何事か話し合っていた風情だったが、ザカリアス卿はお構いなしに割り込んだ。

エンデュミオンは憮然と肩をすくめた。

「そなたの顔を見たらまた眩暈《めまい》がしてきたよ」

「冗談が言えるようでしたら心配なさそうですな」

小男はそっくり返ってからからと笑う。ゾフィーと並んでその様子を眺めていたエミリアがそっと嘆息した。

「あれ、絶対本音よ」

ゾフィーもそう思うが、同意を示すのは差し控えた。

ザカリアス卿は白髪頭のソーントン医師をじろりと見た。

「大事ないのであろうな？」

「だいぶ疲労が溜《た》まっておられるようですね。少なくとも丸一日はゆっくりと休養なさることをお勧めします」

恬淡《てんたん》と医師が応じると、小男は目を剥いた。

「そんなはずはない！　閣下の予定は休養もふくめて厳密に組まれておるのだ。疲労など溜まるわけがない」

ゾフィーは呆れた。人間はモノではない。きちんと休みを取っていても、いろいろな原因で体調を崩すことくらいあるだろうに。

食ってかかられた医師は、落ち着き払って肩をすくめた。

「でしたらその休養が充分ではなかったのですな」

「なんだと！　田舎医者の分際で――」

「ソーントン先生はこちらに来られる前は王都で開業しておられた。患者には名士や貴族の方々が大勢います。腕は確かですよ」

ぴしゃりとフェルディナントに言われ、ネズミ顔の小男は悔しげに口許をゆがめた。

「日程は変更できん。予定どおりにお帰りいただかないと聖王庁での執務に差し支えが――」

「ならば領内の視察は後日にされて、今回はゆるりと休養なさっては」

父の勧めにザカリアス卿は大仰に目を剥いた。

「そうはいくか！　これさいわいと延期しているあいだに帳尻を合わせるつもりだろうがっ」

「はて、なんのことやら。私には何もやましいことなどございませんが。——そもそもこの領地は聖公爵家の所領の一部を在職中に限ってお預かりしているもの。地代から職務の対価をいただいてはおりますが、それだけです。枢密卿たる者、私物化して懐《ふところ》を肥やすような所業は断じて許されませんからなぁ」

皮肉っぽい笑みにザカリアス卿の顔色が変わる。どうやら父の発言は強烈なあてこすりになったらしい。小男は目許を引き攣らせながらそっくり返って尊大に頷いた。

「と、当然だ」

「……頭が痛くなってきた」

睨み合うふたりの背後でぽつりとエンデュミオンが呟く。本当に頭痛がするのか、不毛な会話にうんざりしたのか……、たぶん後者だろう。

駆け寄ろうとするザカリアス卿を掌《てのひら》でさっと制し、彼はフェルディナントに微笑を向けた。

「少し仮眠すれば治ると思う。部屋で休ませてもらえるかな」

「別棟になりますが、歩かれますか？　無理なら馬車をご用意しますが……」

「すぐそこなのだろう？　それくらい歩けるよ」

苦笑してエンデュミオンは立ち上がった。膝から落ちそうになったコープを父が受け止める。

ザカリアス卿はエンデュミオンを支えようとして煩《わずら》わしげに押しやられた。

「よい、かまうな。ジンがいるから大丈夫だ」

控えていた護衛官が大股に歩み寄り、そっと彼の腕を取る。ザカリアス卿は荒い鼻息をつき、父からコープをひったくるとエンデュミオンの後に従った。

ゾフィーは妹とともに邪魔にならないように脇に退いていたが、すれ違いざまにふと彼が足を止めた。

「――きみ。ゾフィー嬢」

「は、はい⁉」

びっくりして伏せていた顔を撥《は》ね上げると、エンデュミオンはにこりと笑った。その笑顔は最初にゾフィーを魅了した、幼い頃のままで――。

「水、とても美味しかった。ありがとう」

喉が詰まったようになって、ゾフィーはただこくこくと頷くことしかできなかった。彼はもう一度ゾフィーに微笑みかけると、護衛官に支えられて玄関に向かった。

声を失ったままぼんやり見送っていると、隣でエミリアがほうっと溜息をついた。

「本当に神々《こうごう》しいわぁ……。微笑まれると、ぱぁっと光が射すようじゃない？」

黙ってゾフィーは頷いた。変わっていない。あの息をのむような輝かしい笑顔。どんなに手を伸ばしても届かないけれど、その温かさが側にいるだけで伝わってくる。だからつい手を伸ばしてしまうのだ。

ゾフィーは手にしたゴブレットをぎゅっと握りしめた。

――何故だろう。胸がざわざわする。あの笑顔は昔のままなのに。たとえ記憶がなくても、向けられる笑顔は変わりなく……。どうしてかしら。それがなんだか……寂しい。

『前にもこうやって飲ませてもらったっけな』

秘密めかした囁き声がふいによみがえり、ゾフィーはぶるっとかぶりを振った。

錯覚よ。ただの錯覚。

悪魔《サリエル》は消えた。エンデュミオンは記憶をなくした。あのときのことを覚えているのは自分だけ。ふたりで三人、三人でふたりだった不思議な時間。

自分だけがいつまでも、あの特別な時間を忘れかねている――。

†

用意された部屋に入ると、エンデュミオンはジンに命じて他の者を追い出した。ザカリアス卿は閣下のお世話を……としつこくごねたが、頑健な体格の護衛官に凄まれると、青くなってすごすご引き下がった。

エンデュミオンはどさりとベッドに倒れ込んで呟いた。

「鍵をかけて誰も入れるな」

ジンは言われるままに閂《かんぬき》をかけると両隣の部屋を確かめた。

「こちらの要望どおり、両側とも空けてありますね。鍵もかかっています」

「そうか。どっちでも好きなほうを使え」

ぶっきらぼうに言ってエンデュミオンは溜息をついた。先ほどまでの柔和な物腰はきれいさっぱり消え失せていたが、慣れているのか護衛官にはとまどう様子もない。ジンは職務中の強面《こわもて》をやわらげて心配そうにベッドに歩み寄った。

「大丈夫ですか、閣下。頭痛に効く薬湯《やくとう》か何か頼みましょうか」

彼は答えず、苦痛をこらえるかのように身体を丸めた。その身体がこまかく震えていることに気付いてジンは緊張した顔になった。

「いかがなさいました？」

答えはなく、次第に身体の揺れは大きくなる。さらに奇妙な呼吸音までも。

「エンデュミオン様……？」

それが苦悶《くもん》の声ではないことに気付いてジンは目を見開いた。

彼の主《あるじ》は苦しんでいるのではない。笑っているのだ。

「くくっ……。あはははは っ……！」

ついにこらえきれなくなったのか、彼は声を上げて笑い始めた。それは生き生きとして闊達《かったつ》で、長年の胸のつかえが取れたかのような高揚感にあふれていた。まるで無邪気な子どものように彼は笑い転げていた。

「思い出した。思い出したぞ……！」

彼は笑いながら何度も呟いた。無邪気だった笑い声が次第に引き攣ったようになり、ジンの緊張が高まる。

エンデュミオンはぶるっと大きく身を震わせると深い溜息をついた。

「――思い出した」

目を瞠った護衛官は伏せられた主の顔を息を詰めて見守った。やがてエンデュミオンは突っ伏していた顔をわずかに上げた。よく似た色合いの瞳がぶつかり合う。

「おまえのことも、思い出したよ」

「……っ」

ジンは急いで寝台の脇に跪いた。差し伸べられた手を、うやうやしく押しいただく。

「おまえの言っていたことは本当だったんだな……」

ジンは言葉にならない様子で、黙ったまま何度も頷いた。

「……これからどうなさいます？」

「うん……。当分は様子見だな。叩くときは一気に、徹底的にやらなければ逃げられる」

彼はベッドの上に起き上がるとしばし考え込み、何事か思いついた様子でニヤリとした。

「ゾフィーに手伝ってもらおう」

第三章　悪魔の結婚指令

エンデュミオンが別館に移ると、待機していたお供の人たちも移動して本館は急に静かになった。話し合いを終えた父が戻ってきたのは小一時間も経《た》った頃合いだった。ゾフィーだけが父に呼ばれて書斎へ行く。

「エンデュミオン様のご様子は……？」

「心配ない。今夜の内輪の晩餐にも予定どおりご出席いただけるそうだ」

「そうですか」

ゾフィーはホッとした。今宵《こよい》の晩餐はごく私的なもので、公務に追われるエンデュミオンにせめてひとときでもくつろいでもらおうと企画したものだ。

出席者はクリーゼル家の家族三人とエンデュミオンの四人だけ。十一年前の記憶と女中頭マグダの記録から彼の好物を中心に献立を考えた。

新鮮なサラダにトマトのスープ、メインディッシュは魚料理だ。鱒《ます》の香草焼きにレモンと粉ふきイモを添える。王都にいればいくらでも凝った料理は食べられるのだから、田舎らしく素朴な味わいを楽しんでもらいたい。

あのときゾフィーの挑発に乗って一日二個トマトを食べると宣言したサリエルは律儀に約束を守り、最後にはトマトが大好きになっていた。そんなことを思い出すとふと瞳が潤む。

記憶を取り戻してもらいたくて献立を決めたわけではない。ただ喜んでほしいだけ。それがきっかけでちょっとでも思い出してもらえたら……という願望が皆無とは言えないけれど。

「ただし、残念ながら予定どおりにはいかなくなった」

父の渋い声にゾフィーは首を傾げた。

「出席者がふたり増えた。ザカリアス卿とルーメン卿が同席する」

「うえ」

とっさに妙な声が洩れてしまい、慌てて口を押さえる。父は咎《とが》めることなく肩をすくめた。

「私的な歓迎会だと伝えたのだがね。私は閣下の教師役を務めていたこともあるし、以前お越しいただいたときの思い出話などをして、くつろいでいただこうと。しかしザカリアス卿に撥《は》ねつけられた。見張っていないと私が閣下に不埒《ふらち》なおねだりをすると思っているらしいよ」

「まぁっ、失礼な！」

ゾフィーは憤慨して眉を吊り上げた。

「あのザカリアス卿というのは、いったいどういう方なんですの？　我が物顔に仕切っていらっしゃるようですけど」

「彼はヴァイラント卿の腹心——はっきりいえば腰巾着《こしぎんちゃく》だ」

ヴァイラント卿は枢密卿会議の議長を長年にわたって独占している人物だ。十一人いる枢密卿は建前としては皆平等で、議長も会議のたびに投票で選ばれるはずなのだが、ヴァイラント卿はそのトップに君臨し続けている。エンデュミオンを差し置いて実質的に聖王庁を仕切っていると言われる人物だ。

枢密卿の大半はヴァイラント卿に与《くみ》しており、派閥に属していないのは父をふくめてほんの数人。その全員が父のように田舎に飛ばされている。

「……聖王庁が魔窟《まくつ》のように思えてきましたわ」

溜息をつくゾフィーに父は苦笑した。

「否定できないな。聖王庁は国内外にまたがる巨大組織だ。権力闘争が日常茶飯事なのは王宮と同じだよ。聖職者らしく取り澄ましているぶん、かえって陰湿かもしれない」

「だったら余計に、いっときでもそんなことは忘れてほしかったのに……。仕方ありませんね。人数変更を急いでマグダに伝えないと」

「それはもう私から伝えておいた。おまえはそろそろ身支度に取りかかりなさい。夜会服《やかい》ではなく襟の詰まったドレスにしたほうがいいな。ザカリアス卿に妙な言いがかりを付けられると不愉快だからね」

「わかりました」

一礼してゾフィーは書斎を出た。話を聞いたエミリアはむくれて口を尖らせた。

「何それ、つまんない。こないだ新調した夜会服が着たかったのに！　あのネズミ男、わたしたちが聖王様を誘惑するとでも思ってるの？」

「用心はしてるでしょうね。エンデュミオン様はまだ独身でいらっしゃるから」

「まぁね。確かにわたしはゾフィーを売り込もうとしてるわけだし？」

悪戯《いたずら》っぽく笑う妹にゾフィーは溜息をついた。

「エミリア。本当に余計なことは言わないでちょうだいね」

「言いたくたって言えないわよ。監視役が側にくっついてるんじゃ、かえってややこしいことになっちゃいそう。まぁ、いいわ。たりきりになれる機会を作ってあげる」

「遠慮しとく。ふふたりきりになんてなったら緊張して何も喋れそうにないもの……。それより」

着るものを決めましょうよ。夜会服は明日の晩餐会で着ればいいわ。お客様が大勢いらっしゃるから、ふつうの夜会服で大丈夫よ」

「そうね」

クローゼットを開けてあれこれと品定めを始める。ふたりは体格が大体同じなので互いの衣裳を融通し合うことも多い。聖職者の娘ということもあり、ふつうの貴族のような贅沢《ぜいたく》は慎むよう躾《しつ》けられている。

ふたりとも、あらぬ疑いを避けるために地味めな色合いのドレスにした。ゾフィーは深緑、エミリアはクリーム色の生地に焦げ茶のアクセントがついた、かっちりしたタイプのドレスだ。

時間になって晩餐室へ行くと、すでに控えの間に父と客人たちが集まってシェリー酒を飲んでいた。ひとりだけ初めて見る顔がルーメン卿だろう。小男で小太りのザカリアス卿とは対照的に背が高く痩せぎすだ。灰色の口髭《くちひげ》の先をピンと撥ね上げ、同じく灰色の瞳はやや吊り眼ぎみ。逆に口角は厳めしく下がって気難しい性格を窺わせる。

ゾフィーたちに気付いたエンデュミオンが、側近に止められる前に歩み寄ってにこやかに会釈をした。

「こんばんは、淑女がた。おふたりとも実にお美しい」

「閣下！」

ザカリアス卿が憤然と叫ぶ。挨拶は身分の低い者から始めるものだ。この場で最も高貴な身分であるエンデュミオンは、挨拶されて軽く頷き返すだけで事足りる。

「あ……、ありがとう……ございます……」

へどもどしながらゾフィーはお辞儀《カーツィー》をした。エミリアも顔を紅潮させながら姉に倣《なら》う。微笑んでエンデュミオンは返礼した。

彼は聖務用の司教服ではなく、ふつうの貴族男性が夜会でまとう上着《ジュストコール》と膝下までの細身のキュロット、絹の長靴下にバックル付きの靴という恰好だった。聖職者であることを表わす印はクラヴァットの上にかけられた十二角形の金の星型。聖教会のシンボルだ。

さらりとうなじにかかる艶やかな黒髪。澄んだ蒼い瞳は夜になると深みを増し、蝋燭《ろうそく》の炎が映り込んで謎めいた陰影が漂う。

思わず見惚れていると、晩餐室からゲルルフが現れて合図用の銅鑼《どら》を絶妙の加減で叩いた。

エンデュミオンは微笑んでゾフィーに手を差し出す。

「支度が整ったようですね。さぁ、行きましょう」

「閣下！　お慎みください」

ゾフィーが応えるより早く、非難めいたキンキン声をザカリアス卿が上げた。

「そなたこそ口を慎むがよい。奥方が亡くなられている以上、今はゾフィー嬢がこの家の女主人の立場にある。招かれた身として礼を取るのは当然ではないか」

「しかし……」

「気に入らないなら下がれ。そもそもこの夕食会に招かれているのは私だけだ。無理やり割込んで騒ぎ立て、私の面目《めんぼく》を潰《つぶ》す気か？」

冷ややかに言われてザカリアス卿が口ごもる。それまで傍観していたルーメン卿が口髭を一撫でして言い出した。

「ザカリアス卿。そう目くじらをたてる必要もあるまい。ここは聖王庁ではないのだ。大目に見てさしあげようではないか」

エンデュミオンはルーメン卿のとりなしなど耳に入らなかったようにゾフィーを凝視《みつ》めたまま微笑んだ。おずおずとその手を取り、歩きだす。ルーメン卿の言いぐさが引っかかってどうにも居心地が悪い。

（ふたりともエンデュミオン様を管理したがっているみたい）

言葉は悪いが、ナメてかかっているように思えて仕方がないのだ。まるでエンデュミオンのことを年端も行かない子どもと見くびっているような……？

そろりとエンデュミオンを窺うと、彼は屈託なくにこりとした。反射的に口許を引き攣らせつつどうにか微笑を返す。エンデュミオンは入り口から一番遠いテーブルの端にゾフィーを案内すると手を離して一礼した。

他の人もぞろぞろと入ってきて（エミリアは澄まし顔のルーメン卿にエスコートされ、なんとも言えない顔つきだ）、それぞれの席に着く。三人ずつ向き合う恰好で、ゾフィーの側はエンデュミオンを真ん中に右手にゾフィー、左手にザカリアス卿が座る。向かいは父を真ん中に右手にエミリア、左手のルーメン卿はゾフィーの向かいになる。

ワインが注がれ、料理が運ばれてくる。急に人数が増えたが、余裕を持って仕入れておいたので大丈夫だった。

食前の祈りが非常に短く賛美歌も歌わないことにザカリアス卿が文句を付けたが、『ここは聖王庁ではない。いやなら出て行け』とエンデュミオンにぴしゃりと言われて渋々口を閉じた。ザカリアス卿はさらに料理に多用されているトマトにも難癖をつけた。未だに毒だと思い込んでいるのかと呆れたが、下心がどうのこうのと顔を真っ赤にしてわめくのが理解不能だ。父との遣《や》り取《と》りを眉をひそめて窺っていると、エンデュミオンがそっと耳打ちした。

「トマトが王都で流通し始めたころ、媚薬《びやく》だというデマが流れてね。未だにそれを頭から信じ込んでいるんだよ」

「び、媚薬……⁉」

「そう。特に独身の聖職者にはね、多いんだ」

彼は悪戯っぽい笑みを浮かべ、否定しようと焦るゾフィーの目の前でトマトを口に放り込み、美味しそうに咀嚼した。

「もちろん、デマだとわかってるし、私は好きだよ。しかし、これまたなかなか聖王庁の食卓には上《のぼ》らない。――そういえば、私はいつからトマトが好きになったんだったかな？」

彼の呟きにゾフィーはドキッとした。

「……どこかに行幸された折り、お口にされたのでは？」

「ああ、そうだね」

あっさり頷かれ、ホッとしたような残念なような複雑な気分になる。

メインの鱒料理をエンデュミオンは大変気に入ってくれた。王都ではメインは大抵牛肉で、魚料理は月に一度くらいしか出ないそうだ。それも、干し鱈《だら》を戻したものや鯉《こい》のフライがほとんどで、鱒は地方に行ったときにしか口にできないという。

美味しそうに食べてくれたのでメニューを決めたゾフィーはとても嬉しかった。付け合わせの粉ふきイモも残さず平らげた。お供のふたりはイモもトマトもまったく口にしない。

ルーメン卿はザカリアス卿のように口に出して文句はつけなかったが、『こんなもの食えるか』とでも言いたげな、露骨に馬鹿にした態度だ。魚も嫌いだと言い、エンデュミオンにたしなめられても拗《す》ねたような態度を変えない。食卓の雰囲気が悪くなるのを避けようと、父は急遽《きゅうきょ》ラム肉を軽く炙《あぶ》った料理をふたりぶん用意させた。

意図したような和気藹々《わきあいあい》とした食事会にはならなかったものの、エンデュミオン自身は出された料理がとても気に入って、隣席のゾフィーにもいろいろと気さくに話しかけてくれた。

晩餐の後は食後酒など嗜《たしな》みながら交流するものだが、昼間倒れたこともあり、大事をとってエンデュミオンは早々に部屋へ引き上げた。視察は予定どおりに行うことになったそうだ。

移動は馬車だし、短時間の視察だから負担は少ないと思うが、やはり心配だ。自室に引き取って寝支度を整え、少しエミリアとお喋りしてからベッドに入った。子どもの頃は同じ部屋で休んでいたが、姉のイレーヌが嫁いで部屋が空いたので、今ではひとり一部屋使っている。

やはりエンデュミオンとの再会で昂奮《こうふん》しているのだろうか。眠ろうと目を閉じてもさっぱり眠気が訪れない。輾転反側《てんてんはんそく》していると、ベランダに続くガラス戸をコツリと叩くような音がしてビクッと身をすくめた。

かつてここは姉の部屋で、本館の裏側なのだが庭を見下ろせる小さなバルコニーが付いている。すぐ横にキングサリの大樹があって、五月下旬の今は花の盛りだ。黄色の花をたくさんつけた房がいくつも枝から垂れ下がっている。

カーテンは半分開いていて、ガラスを通して室内まで月光が射し込んでいた。隙間から不審な影は見えない。空耳だろうともたげていた頭を枕に戻したとたん、ふたたびコツコツと固い物音が響く。ゾフィーは飛び起きてじっとガラス戸を見つめた。

(大丈夫、鍵は掛かっているもの。——掛けたはずよね……!?)

急に自信がなくなった。広いわりに住人の数が少なく、それなりに豪華なこの屋敷には、時折泥棒が入る。代々の住人が集めた美術品や銀器、宝石類も多少はあってそれを狙われるのだ。

過去に何度か被害に遭《あ》い、ゲルルフやマグダの機転で犯人を捕らえたこともあれば、逃げられたこともある。現行犯で捕まえられないと、まず逮捕は難しい。美術品などはすぐに闇市場に流されてしまう。

ゾフィーは暖炉《だんろ》脇に目を遣った。季節柄、暖炉は使っていないので鉢植えを入れてあるが、真鍮《しんちゅう》の火掻《か》き棒などはきれいに磨いてそのまま置いてある。

そっと寝床を抜け出し、火掻き棒を握りしめて陰に隠れた。

（頭を殴ってはだめよ。危ないから。脚を狙うの）

ゲルルフに言われたことを思い出しつつ窓の外を窺う。泥棒が入ってきても、存在感希薄なゾフィーは気付かれない可能性が高い。実際それでうまく立ち回り、向《む》こう脛《ずね》を払って転倒させ、侵入者が痛みに転げ回っているあいだに大騒ぎをして家人を叩き起こしたことがあった。

用心深く物陰から窺っていると、今度は少し大きくガラス戸を叩く音が響いた。どうやら押し入るつもりはないらしい。カーテンの隙間からちらっと手が見えた。指の関節で、コツコツと扉を叩いている。まるで開けてくれと請うかのように。

（だ……誰……？）

緊張で汗ばむ掌を夜着にこすりつけ、火掻き棒を握り直す。抜き足差し足でガラス戸に歩み寄ったゾフィーは何度か呼吸をすると思い切ってカーテンをバッと開けた。

「…………!?」

長身の人影《かげ》がガラスに半ばもたれている。月光を浴びて佇むその姿はどこか夢幻めいて非現実的だ。半分翳《かげ》になった美貌が玲瓏《れいろう》と微笑む。

「エ……エンデュミオン様……⁉」

ゾフィーは火掻き棒を絨毯の上に放り出し、急いで把手《とって》に手をかけた。開かない。鍵はしっかりかかっていた。もどかしく鍵を開け、ベランダに飛び出した。

「やぁ、ゾフィー」

夜露のごとくしっとりときらめく声が囁いた。

「な……、何をしてらっしゃるんです……⁉」

「ん。きみに逢《あ》いたくてね。ふたりきりで」

こともなげに言い、彼はぽかんとするゾフィーを引き寄せた。躊躇《ちゅうちょ》なく懐深く抱きしめられて息が止まる。

予想外の胸板の厚さと広さに呆然《ぼうぜん》となった。何をされているのかとっさに把握できなくて棒立ちになっていると、耳元でくすりと笑みがこぼされた。

「つーかまーえたっ」

歌うような悪戯っぽい囁き。得意げな悪童みたいな——。

同じ台詞《せりふ》をずっと前に聞いた。

だけど。そんなわけ、ない。だって彼は消えてしまったのだもの。もうどこにもいないはず。

「サ……サリエル……⁉」

そんな馬鹿なと思いながら口走ると、ぎゅっと一際強く抱擁された。

「久しぶりだな、ゾフィー」

嬉しそうに囁くと、彼はいきなり唇を押しつけた。ゾフィーの唇に。

「ぅむッ……!?」

限界まで目を瞠り、必死に腕をつっぱる。だが、すらりと優美に見えるのにその力は強く、全然振りほどけない。

息苦しさに涙目になって胸板を叩く。ようやく唇が離れたかと思うと、ろくに息継ぎをする暇もなくふたたび唇が重なった。

窒息させようとしているのでは……!? というくらい、そのくちづけは執拗《しつよう》だった。息苦しさと混乱とで頭はぐるぐる回りっぱなしだ。抗《あらが》う力も入らなくなって、だらんと手が下がる。

「……おい。どうした」

ゾフィーが失神寸前だとやっと気付き、彼は焦ってぺちぺち頬を叩いた。それで正気を取り戻したゾフィーは思いっきり息を吸った弾《はず》みで噎《む》せてしまい、ゴホゴホ咳き込みながらサリエルを睨み付けた。

「わ、わたしを殺す気……!?」

「キスしただけじゃないか」

「窒息するかと思ったわ！」

「うん、俺もちょっと息が上がった」

まじめくさった顔で応える青年を、改めてじーっと窺う。

「……サリエル、なの……？」

「おう」

彼は嬉しそうに頷いてふたたびガバッとゾフィーを抱きすくめ、すりすりと頬擦りした。

「逢いたかった、ゾフィー」

「あなた消えたんじゃ……⁉　っていうか、いきなりなんてことするのよ⁉　ひどいわっ」

「何が？」

「キ、キ、キスよ！　わたし、初めてだったんだからっ」

「俺もだ」

衒《てら》いもなく返されて唖然となる。

「ゾフィーは今でもこいつが好きなんだろう？」

ぽんぽんと自分の胸を叩きながらからかうように問われ、ゾフィーは赤くなった。

「か、勝手にキスしたりして、エンデュミオン様に悪いじゃないの……っ」

「知っても別に怒りゃしないさ。こいつだってゾフィーのことは気に入ってるんだから」

この俺様ぶり、やっぱり悪魔《サリエル》だ。赤面しつつ口を尖らせて睨むと、彼はふっと微笑んだ。

「……おまえ、変わらないな」

「あなたもねっ」

精一杯の皮肉を込めるも通じた様子はなく、悪魔は上機嫌に笑っている。急にゾフィーは心配になった。

「ねぇ。今までどうしてたの？　わたし、てっきりあなたはエンデュミオン様から離れて、地

獄だか魔界だかに帰ったんだと思ってたわ」

「よくわからないが、ずっと眠ってたらしいな」

「眠ってた？」

「こいつが記憶喪失になったのは知ってるか？」

「え、ええ。馬車の事故で頭に怪我したせいだって、お父様が……」

「たぶんその影響じゃないかと思う。大体のことは覚えてるんだが、どうも現実感がないというか……、夢を見ていたようなぼんやりした感じだ」

形よい顎を摘まみ、考え込むようにサリエルは呟いた。そんな姿さえ妙に様になっていて、うっかり見惚れてしまったゾフィーは我に返ってぷるぷるとかぶりを振った。

（だめっ！　今の彼は悪魔なのよ⁉　見惚れてる場合じゃないわ！）

「……またエンデュミオン様を苦しめるの？」

警戒しながら問うと、サリエルは軽く目を瞠った。

「苦しめる？」

「前みたいに暴れたり暴言を吐いたりするつもり？　そんなの絶対許さないわ！」

腰に手を当て、憤然と睨み付ける。呆気に取られたように見返していたサリエルが、ふいにニヤリとした。

「そうだなぁ。それもおもしろいかもな」

「ダメ！　絶対‼」

気色《けしき》ばむゾフィーを、彼はニヤニヤと眺めた。

「おまえに俺が止められるのか？　聖王庁の腕利き祓魔師でさえ祓えなかった、強大な悪魔なんだぞ俺は」

「も、もう一度眠ってもらえない……？」

引き攣った愛想笑いを浮かべて頼むと、彼は悪戯っ子のようにべーっと赤い舌を突きだした。

「やーだね。十一年も寝てたんだ、とうぶん眠る気にはなれないね」

言うなり彼は身をかがめてゾフィーの顔を覗き込んだ。

「なっ、何よ……？」

「おまえが夜伽してくれるんなら、おとなしくしててやってもいいけどな」

二十歳にもなれば夜伽の意味は理解している。赤面するゾフィーに彼はクスクス笑った。

「真っ赤になっちゃって。ゾフィーは可愛いなぁ」

「こ、こ、こ、このっ、悪魔……っ！」

「だからそう言ってるじゃないか」

彼はニヤリと悪辣な笑みを浮かべた。それでも卑《いや》しい感じにならないのは、あまりに高貴すぎる美貌ゆえ？　なんと罪深い！　まさしく悪魔の王子様。いや、成長した今では『魔王』と呼ぶべきか。

サリエルは姿勢を戻すと気持ちよさそうに大きくうーんと伸びをした。

「ああ、いい月夜だ……。うん、このままトンズラしちまうか。一緒に来いよ、ゾフィー。駆け落ちしようぜ」

「はぁ……⁉」

「月夜に駆け落ち。ロマンチックだろう？　若い女が喜びそうなシチュエーションだ」

「ロマンス小説ならね！　わたしは悪魔と駆け落ちするつもりなんてないわ。大体なんでいきなり駆け落ちなのよ⁉」

「俺が好きなんだろ」

「わたしが好きなのはエンデュミオン様っ」

反射的に叫び、我に返って赤面する。サリエルはしてやったりとばかりにニヤリとした。

「一途《いちず》だよなぁ。こんな上っ面だけで中身のない奴に幻滅もせず十年以上も想《おも》い続けるとは」

「エンデュミオン様のことを悪く言わないで！」

ムッとして言い返すとサリエルは口許をゆがめ、吐き捨てるように呟いた。

「……フン。未だに聖者扱いか。懲りない女だ」

蒼い瞳に怒りが揺らめく。怖くなってそろりと一歩後退《あとずさ》ると、ゾフィーの怯えに気付いたサリエルが前進して、気がつくとバルコニーの隅に追い詰められていた。

「……前にも言ったはずだが、忘れてるようだからもう一度言っておく。そもそも俺を呼び込んだのはこいつだ。未だに俺を解放しないのもこいつ。こいつはな、巷《ちまた》でありがたがられてるような聖者なんかじゃねぇんだよ。ただの人間。それも、偽善者どもにいいように操られて文句も言えない、弱っちくて情けなくて、どうしようもない奴なんだ」

「そんなことないわ！　晩餐のときだって、お供の人を毅然《きぜん》とたしなめていらしたもの」

「たしなめるくらいなら最初から出席させなきゃいいんだ。そもそも招かれてたのはエンデュミオンだけなのに、無理やり割り込まれて拒否することもできない。情けない奴だ」

「頭から拒絶して側近の方たちとぎくしゃくするのを避けようとされたのよ。エンデュミオン様のお気遣いだわ。自分のことは後回しにして、周囲を気遣われる方だもの」

きっぱり言うとサリエルは感心した顔になった。

「よくもまぁ、そう都合よく曲解できるものだな」

「曲解なんかしてません！」

憤然とするゾフィーにサリエルはひらひらと手を振った。

「はいはい。おまえがこいつを崇拝してることはよくわかったよ。……まったく、十一年も経てば少しは醒《さ》めたかと思ったのに、かえって年季が入っちまうとはなぁ」

「あなたってつくづく失礼な悪魔よね……！」

「何を言う、俺ほど親切な悪魔はいないぞ？　ゾフィー、おまえこいつと結婚しろ」

ぽかんとするゾフィーをサリエルはニヤニヤと眺めた。

「おまえはこいつが好きなんだろう？　エンデュミオンもおまえを憎からず想ってた」

唖然とするゾフィーにはかまわず、したり顔でうんうんとサリエルは頷いている。

「あの……。エンデュミオン様はあのときの記憶を失ってるんでしょう？　――あっ、それとも思い出させてくれるの!?」

うっかり詰め寄ってしまい、にんまりされて我に返る。悪魔《サリエル》は猫撫《ねこな》で声《ごえ》で囁いた。

「そうだなぁ。思い出させてやってもいいぞ？　おまえがこいつと結婚した後でな」

「後で⁉　えっと……前じゃだめ……？」

「だめだ。そんなことをしたらおまえたちだけで盛り上がって、俺の出る幕がなくなるじゃないか。八つ当たりで暴れてやるぞ。それでもいいなら今すぐ記憶を戻してやろう」

「暴れるって……あのときみたいに？」

ゾフィーはちょっと呆れた。もういい大人なのに、言動が十一年前から全然成長していない。相変わらず綺麗だけれど残念な悪魔は腕を組んで偉そうに胸を張った。

「今は子どもじゃないから簡単には押さえ込めないぞ。公私を問わず暴言を吐きまくり、傍若無人《ぼうじゃくぶじん》にふるまって俺は悪魔だと公言してやる。聖公爵と聖王庁の権威を失墜《しっつい》させ、偽善者と愚民どもを失望と絶望のるつぼに叩き込んでくれよう。ククク……。ああ、それも愉《たの》しいな！」

　悪辣に哄笑されてゾフィーは青ざめた。

「やめて！　そんなことしたらロファール王国だけじゃなく大陸中が大混乱に陥るわ」

「だからおもしろいんじゃないか」

「全然おもしろくないわよっ。絶対だめ、やめてっ」

「それじゃエンデュミオンと結婚しろ。そうすれば俺は好きなときに出てきておまえで遊べる。おまえのことは気に入ってるから、おまえが本気で禁じることはしないでおいてやろう」

「……わたしの言うことを聞く、と？」

「そうだ、いい取引だろう？　大好きな聖者様の奥方になって安泰の地位を得、おまけに俺のような高級悪魔を手なずけられるんだ。おまえにばかり有利な条件だぞ」

「脅されているとしか思えないわ……」

「どうしてもいやだと言うなら、今からおまえと駆け落ちする」

「絶対しませんッ」

「なら攫《さら》うまでだ」

さらにずずいと迫られてバルコニーの手すりと壁の角に追い詰められてしまう。真っ青になってのけぞるゾフィーの唇に、サリエルはそっと指先で触れた。

「朝になって俺たちが消えていたら、大騒ぎになるのは必定《ひつじょう》だな。年頃の男女がふたりして消えれば、誰だって駆け落ちしたと思うだろう。エンデュミオンがおまえの前で昏倒したことは目撃者が大勢いる。きっと雷《かみなり》に打たれるような一目《ひとめ》惚《ぼ》れをして、ふたりで逃げたに違いない——とかなんとか、勝手に話を作ってくれるさ」

「そ、そんなことになったらお父様が……！」

「そう、枢密卿ではいられないな。となるとこの屋敷から出て行かねばならない。おまえの妹も恋人と別れざるを得ないだろう。相手は王宮近衛隊所属の武官だったな？　枢密卿をクビになった人物の娘とは結婚できまい。兄も司祭でいられるかどうか……。弟は寄宿学校でいじめられ、姉は嫁ぎ先で肩身の狭い思いをする。ああ、なんという悲劇！」

芝居がかった声音で家族の悲惨な末路を予言され、ゾフィーは青ざめてぷるぷる震えた。

「ひ、卑怯者《ひきょうもの》……、あなたって最低……！」

「悪魔だからな」

飄々《ひょうひょう》とうそぶいたサリエルの皓歯《こうし》が月光をきらりと弾《はじ》く。

「それがいやならエンデュミオンと結婚しろ」

「そんなこと言われたって！　エンデュミオン様にだってお気持ちとか都合とか、いろいろあるでしょう⁉　わたしたちが勝手に決めるわけにはいかないわよ！」

「そこはおまえの腕の見せ所だ。首尾よく奴を落としてみせろ」

「無茶苦茶《むちゃくちゃ》言わないでくれる⁉　わたし今まで恋人もいたことないのよ⁉」

サリエルはくくっと笑い、手を伸ばした。反射的に身をすくめると、彼の手がそっと髪に触れた。思いがけない優しいしぐさにとまどって見上げると、彼は微笑んだ。どこかせつなそうな表情に、いっそう混乱する。

「心配するな。きっかけは俺が作ってやる。おまえはそのままでいればいい。昔のように」

彼が身をかがめ、またキスされるのかとゾフィーは焦った。ぎゅっと目を閉じて唇を固く引き結んでいると、そっと額に優しい感触が落ちた。びっくりして目を開けると、彼は微笑んで、今度は鼻の頭にかすめるようなキスをした。

ドキリと胸が跳ねる。初めて出会ったとき、彼は転んで打ちつけたゾフィーの額と鼻に、優しくキスしてくれたのだ。

（……エンデュミオン様……？）

確かめる暇もなく、彼は手すりを掴んでひょいと乗り越えた。

慌てて覗き込むと、誰かの手を借りて難なく下のテラスに降り立っている。そこで初めてゾフィーは、バルコニーの下に他にも人がいたことに気付いた。

（今の……聞かれてた……⁉）

サリエルがバルコニーを見上げ、ニヤリとしながら手を振る。隣に立つ男も顔を上向けて軽く会釈をした。無表情なその顔は——護衛役のジンだ。

月に照らされた芝生の上をきびきびと歩いていくふたりの影を、ほうけたようにゾフィーはいつまでも眺めていた。

第四章　聖者の頼みごと

翌朝はなかなか起きられなかった。頭が混乱して寝つけなかったせいだ。

洗顔用の湯を運んできたメイドに起こされたゾフィーはあくびをして目をこすった。

(変な夢を見たわ……)

エンデュミオンが夜中に忍んできたかと思ったら中身は消えたはずの悪魔《サリエル》で、しかもキスされたなんて。

(……わたし、エンデュミオン様だけじゃなく、サリエルにも会いたかったのかしら……?)

ふるりとゾフィーはかぶりを振った。

そんなはず、ない。だって彼は悪魔だもの。存在してはいけない。消えるべきだ。

(エンデュミオン様にお会いして、昔のことを思い出したせいね)

ただの夢。ただの夢よ。そう自分に言い聞かせたゾフィーは、メイドがバルコニーのガラス扉を開けるのを見て急にどきっとした。

「……ねぇ、そこ開いてなかった?」

「いいえ、お嬢様。きちんと閉まってましたよ」

純朴な若いメイドがきょとんとした顔で答える。

「そ、そう。だったらいいの。昨夜、閉め忘れたような気がして。——お湯を使うわね」

手早く身繕いを済ませ、室内用のドレスに着替えて朝食室へ下りると、エミリアがひとりで紅茶を飲んでいた。

「遅かったわね。先に食べちゃったわよ」

「ん……、なかなか眠れなくて……」

給仕が注いでくれた濃いめの紅茶にミルクを入れて飲んでいると、熱々のオムレツが運ばれてきた。食べているうちに頭がはっきりしてきて、ふとゾフィーは違和感を覚えた。

「……お父様は？　わたし、そんなに寝坊しちゃった？」

「別館に行かれたわ。聖王様ご一行の滞在中はそちらで摂られるって仰ってたじゃない。ゲルフとマグダもそっちに行ってる」

「あ……。そうだったわね」

お客様がたのお世話をするため、使用人の大半を別館に回したのだった。どうりで本館が妙にしんとしているはずだ。

「今夜は大人数の晩餐会ね。あとで確認しておかないと」

医師のソーントン先生を始め、地元の社交界で名士とされる人々を招いている。全員出席の返事をもらっているが、席順などもう一度確認しておかなくては。

もう一杯紅茶を飲むと書斎へ行き、ゾフィーは仕事に取りかかった。父のスケジュールはふだんはごくのんびりしたものだが、聖王の視察に同行するため、明後日まで一日中予定がいっぱいだ。聖王庁から送られてきた希望視察先のリストを地図と照らし合わせながら、なるべく効率よくたくさん回れるようにスケジュールを組んだのだが……。

「うーん……。昨日倒れられたことを考えると、ちょっときついかしら」

どこへ行幸しても住民たちが群がってくると聞く。エンデュミオンはできるかぎりの人数に按手を行い、赤子などは自ら腕に抱いて祝福するそうだ。当然予定はいつも押せ押せになる。

「訪問予定は先方に伝達済みだから、飛ばすのも悪いわよね……」

体調不良ということなら、がっかりしつつも納得はしてくれるだろう。たぶん、そんな話も父が朝食の席で聞いてくるだろうと考えていると、タイミングよく父が書斎に入ってきた。

「あ、お父様。おはようございます。聖王様のお加減は……？」

「ああ、だいぶよろしいようだ。朝食も残さず召し上がられた。トマトの絞り汁が大変お気に召してな。ザカリアス卿たちは渋い顔をしていたが」

「トマトを怪しげなものだと思っていらっしゃるとか……」

媚薬と口にするのも憚られて遠回しに言うと、父は苦笑した。

「赤いものはなんでも怪しいと言うのだよ。赤は怒りや昂奮をかきたてる色とされている。だから心を穏やかに、清浄に保つべき聖職者は食べないほうがいいという理屈だ」

「それじゃ林檎《りんご》も苺《いちご》も食べられませんわね。美味しいのに。——ところで今日の予定に何か変更はありますか？　もしキャンセルしたい予定などあれば、早めに連絡したほうがよいかと」

「今のところは予定どおりだ。ルーメン卿が、常駐の司祭がいないような小村の聖堂などは省略してもかまわないのでは、と言い出したがね。そういう場所こそ美しく清めておくべきだと閣下は仰って」

「ご立派ですわ」

やっぱり昨夜の出来事は夢だ。エンデュミオンはもう悪魔に振り回されたりしない。

父は通常の司祭服の上に公式行事用のコープを羽織ると、ゾフィーの頬にキスして出ていった。ふだんはそのまま手紙の整理などの仕事に取りかかるのだが、なんとなくそわそわした気分になって玄関まで付いていく。

聖公爵の紋章付きの四頭だて馬車がすでに玄関前に停まっていた。開かれた扉の両脇に従僕が控えている。父は馬車のなかに向かって一礼して乗り込んだ。そのとき車中から純白の聖衣をまとった人物が父の肩ごしにこちらに会釈するのが見えた。

（エンデュミオン様……！）

すぐに扉が閉められてしまったが、彼は確かに微笑んだ。ゾフィーに向かって、にっこりと。

どきどきと胸を高鳴らせながらゾフィーは馬車を見送った。

（ああ、どうしよう……。やっぱりわたし、エンデュミオン様が『好き』なのかしら……）

もちろんずっと好きだった。敬愛し、憧れていた。目には見えない神様も、彼を通せばその存在を感じ取れる気がした。

思い浮かべるだけで気持ちが安らぎ、彼の放つ温かな輝きによって癒された。風邪をひいたときや頭痛がするときなど、彼のことを思い浮かべながら眠りに就くと、目が覚めたときにはすっきりと治っていた。だから彼が〈癒しの聖者〉と呼ばれるのは当然だと思っていた。

しかるにこのドキドキはどうしたことか。安らぐどころか逆にどんどん鼓動が速まり、胸が苦しくなる。頬が熱い。唇まで燃えるようで……。

ふと引っ掛かり、次の瞬間、昨夜の夢を思い出してゾフィーはひとりカーッと赤面した。

どうしよう。エンデュミオン様にキスされてしまった（夢だけど）。しかも、こともあろうに中身は悪魔《サリエル》――夢だけど！

ぶるぶるぶるっと激しく頭を振り、くらっとなって壁にすがる。

（ごめんなさい、エンデュミオン様！）

夢のなかで悪魔に何かとんでもないことをそそのかされた気がするが、思い出してはいけない。忘れるのだ。強く自分に言い聞かせ、ゾフィーは書斎に戻った。


予定が押すことを見込んで晩餐会の始まりは通常より遅めにしていたが、それでも聖王の馬車が戻ってきたのはギリギリの時刻だった。すでに招待客は全員顔を揃えている。馬車が戻ってきたと連絡を受けたゾフィーは混乱を避けるため先に席に着いてもらった。

エンデュミオンは別館には戻らず、父とともに本館前で馬車を降りた。出迎えたゾフィーに、疲れた顔も見せずに彼は微笑んだ。

「遅くなってすまない。皆をさぞ待たせてしまっただろうね？」

「そんなことございませんわ」

ゾフィーの案内で晩餐室へ入っていくと、招待客が立ち上がって拍手で迎えた。にこやかに返礼してエンデュミオンは席に着いた。

彼の周囲にはメルドゥヴァン地方在住の聖職者や郷紳《きょうしん》の夫妻を配置し、側近たちは少し離した。いつもくっつかれていては煩《わずら》わしいだろうと思ってのことだ。

ふたりの側近は最初のうちエンデュミオンが何を喋っているのかしきりと気にしていたが、周囲の客に話しかけられてやがて注意が逸れた。

ゾフィーの席はテーブルの端でかなり離れていたが、彼を眺めていると必ず気付いてにっこりされた。人を見ていても気付かれないことがほとんどのゾフィーはどきどきしてしまう。

（やっぱり聖王様は違うわ）

うんうんと胸の内で頷き、ふと昔サリエルが言っていたことを思い出した。

『俺が気付いて教えてやってるんだ』

サリエルが教えるのをやめたら、エンデュミオンは他の人と同じようにゾフィーの存在をふと忘れるようになったのだ。

（あのときはまだ子どもだったもの。修行を積んで、感覚が鋭くなられたのよ）

悪魔はもういない。消えたのだ。昨夜のは感傷的な気分が生み出したただの夢。

無事に晩餐会は終わり、聖王一行が別館に引き上げると客人たちも帰っていった。最後の客を送り出して、ホッとゾフィーは息をついた。

後は明朝、一行を見送ればふたたびのんびりした日常生活が戻ってくる。エンデュミオンに会うこともうないだろう。父が在職中ならお目通りの機会があるかもしれないが、ゾフィーが聖王庁に赴くことはたぶんない。枢密卿領の視察は一巡したから、次があるとしても何年も先のことだ。その頃にはエンデュミオンも結婚しているはず。

結婚——。エンデュミオンと結婚すればいいと悪魔《サリエル》はゾフィーをそそのかした。

馬鹿ね、あれは夢よと苦笑いしつつ自室に戻り、腰湯《ヒップバス》でも使おうかしらと考えているとノックの音がしてエミリアが顔を出した。

「話はできた？」

「なんの話？」

「もちろん結婚よ！　きまってるでしょ」

当然のように言われ、ゾフィーは眉根を寄せた。わかった、変な夢を見た原因は妹が無茶苦茶を言い出したせいだ。

「あのねぇ、エミリア。そんなこと言ったら頭が変だと思われちゃうわ」

「あれだけハンサムなんだもの、言われ慣れてそうじゃない？」

「だったら言うだけ無駄ね」

「逆に敷居が高すぎて誰も言い寄れないでいるかもよ？」

「もういいってば……。ふられるとわかってて突撃するほど無謀じゃないのよ、わたし」

「確かにゾフィーは石橋を叩いて渡るタイプだものね。ううん、叩きすぎて壊しちゃうタイプだわ。永遠に向こう側へは渡れずに、勇気さえあれば手に入れられたはずの幸せを指をくわえて見てるだけ……。ああ、なんて可哀相なゾフィー！」

「エミリア、わたしに喧嘩《けんか》を売ってるの？」

じろりと睨むとわざとらしい泣きまねをしていた妹はけろりとした顔で肩をすくめた。

「やぁねぇ、ただの冗談よ。わたし、これでも目を光らせて窺っていたのよ？　我が姉を聖王様に売り込む機会を虎視眈々《こしたんたん》と！」

「あいにく売り込んでもらえるような特質なんてありません。大体、わたしじゃあの方に全然釣り合わないわ。特別美人でもないし、存在感希薄だし」

「そこがいいんじゃない！」

力説されてゾフィーは目を丸くした。

「考えてもみて。目立つのは聖王様だけでいいのよ。そうでしょ？」

「……まぁ、そうね」

聖王の配偶者——聖公爵夫人は、聖務に関わることはない。期待されてもいない。貴族的な社交はするが、それだけだ。求められるのは跡継ぎを産み、円満な家庭の手本を国民に示すこと。これは王家と変わらない。なんといっても王家と聖公爵家はロファール国の両輪なのだ。

「だからね、良い意味で空気なゾフィーはぴったりだと思うのよ」

したり顔で頷く妹を、ゾフィーは呆れて眺めた。

「ねぇ、ゾフィー。注目を浴びるのは好き？　みんなから注目されたいと思う？」

「できれば遠慮したいわ」

「ゾフィーは注目されるより聖王様を注目していたいのよね。だったら奥さんになれば、いつでも好きなだけ注目していられるわよ。ゾフィーならいくら旦那様をうっとり眺めていたって誰も気付かないし、鬱陶《うっとう》しがられることもないと思うの。――ね、素敵じゃない？」

　褒めているのか貶《けな》しているのかさっぱりわからない言いぐさに顔を引き攣らせる。

「気持ちは嬉しいけど、これ以上お近づきになるのは無理だと思うわ。聖王様は明日お帰りになられるし……」

「だ・か・ら！　ここでできるだけ売り込んでおいて、再会に持ち込むの！　頃合いを見計らって王都へ行きましょう。リシャールが誘ってくれたのよ。彼、そろそろ療養休暇を終えて戻る予定でね。結婚相手としてわたしを上官に紹介したいんですって」

「まぁ！　よかったわ」

　リシャールの両親はすでに他界しており、これといった親戚もない。亡き父の親友である武官が親身に面倒をみてくれたそうだ。

「だから諦めることなんてないのよ。王都ではいろいろと行事や催し物があって、聖王様が出向かれることもよくあるんですって。ねぇ、ゾフィー。一緒に来てくれるでしょう？　わたしひとりじゃ、お父様はリシャールのお家に泊まることを許してくれないわ。たとえ妹のマリアンヌがいるからって言っても」

　婚約が整っていればあるいは──。いや、父の立場を考えるとそれも厳しそうだ。お目付役として自分が付いていくといえば許可してもらえるかもしれない。

　エンデュミオンとの再会うんぬんは夢物語として、妹の結婚の障害にはなりたくない。気の済むまで付き合ってやれば、姉を先に片づけるのは諦めて結婚してくれるだろう。

　そんなことを思案しているとコツコツと扉が鳴った。

「夜分に失礼いたします、お嬢様」

「あら、ゲルルフ。どうかした？」

　エミリアに尋ねられ、執事は一礼した。

「旦那様がゾフィーお嬢様をお呼びでございます。書斎にお越しねがいたいと」

「何かしら。すぐに行くわ。──エミリア、あなたは部屋に戻って、もう休みなさい。明日はわたしたちも聖王様のご一行と朝食をいただくから、少し早めに起きるのよ。メイドにはそのように言ってあるけど、あなたも寝坊しないよう気をつけて」

「ゾフィーこそ。──ねぇ、お父様に訊いてくれる？」

「訊くだけは訊いてみるわ」

　頷いて妹を自室へ下がらせると、ゾフィーはゲルルフとともに書斎へ向かった。

「失礼します」

一礼したゾフィーは姿勢を戻して目を瞠った。室内にいたのは父だけではなかったのだ。

「こんばんは、ゾフィー嬢」

艶やかな黒貂の毛皮を連想させる声が、やわらかく耳朶《じだ》を打つ。

「エ……、エンデュミオン様……!?」

彼は気さくにニコッとした。身につけているのはダルマティカではなく、丈長のジレとシャツで、くつろいだ恰好だ。聖印も帯びておらず、そうしていると貴族の若君にしか見えない。

彼は済まなそうに眉を垂れた。

「もう休んでいたのかな？　急に呼び出したりして済まなかったね」

言われて初めて自分が寝間着にガウンで髪も全部下ろしていることに気付く。ガウンの前はきちんと合わせてあるが、他人の前に出る恰好ではない。赤くなってゾフィーは頭を下げた。

「こ、こんな恰好で申し訳ありません！」

「いや、悪いのはこちらだ。気にしないで」

(もう、お父様ったら……。それならそうとゲルルフにちゃんと言ってほしかったわ)

横目で恨みがましく窺うと、父はしかつめらしい顔で頷いた。

「お言葉に甘えて、まぁ座りなさい。閣下からお話がある」

示された猫脚の椅子にぎくしゃくと腰を下ろす。エンデュミオンは長椅子の真ん中に座り、テーブルにはシェリー酒の残るグラスがふたつ置かれていた。横手の椅子に座っている父と何事か語り合っていた様子だ。

もの思わしげに眉をひそめ、顎を撫でていたエンデュミオンが、ゆっくりと口を開く。

「どうもここに来てから奇妙な感覚に囚《とら》われていてね。以前にも来たことがある……それもちょっと立ち寄ったとかではなく滞在していたような……。そんな気がしてならないんだ」

「えっ……」

「特に、用意してもらった部屋。あそこに妙になじみがあるというか、懐かしさを感じる。聖王庁の記録によれば私がここに来たのは十三年前の一度きりで、それも数時間立ち寄っただけのはず。それにしてはあちこちに見覚えがありすぎる。このまま王都に帰っては心残りだ。それで思い切ってクリーゼル卿に尋ねてみたのだよ」

エンデュミオンはそう言ってじっとゾフィーを凝視《みつ》めた。

「……やはり錯覚ではなかった。私は十一年前にもここへ来たそうだね？　それも一カ月間あの部屋で『療養』していた」

ゾフィーは喉を震わせ、コクリと頷いた。

それまでどこか張り詰めたようだったエンデュミオンの表情が、ふっとやわらぐ。

「きみにはずいぶん世話になったとか……」

「たいしたことはしていません。お話相手をしたり、一緒に食事をしたりしただけで……」

同じ部屋で眠っていたことは伏せておく。父もそこは話していないだろうし、鎖で繋がれていたことなどあえて口にしたくはない。

「そうか……。思い出せないのが悔しいよ」

エンデュミオンは寂しげに微笑んだ。それは十一年前、『療養』に来たばかりの頃と同じだ。

「……私が子どもの頃の記憶をなくしていることは知ってるね？」

「はい、父から聞きました」

「原因は馬車の事故だ。私がここでの『療養』を終えて王都に戻って半年ほど後、両親と私の乗った馬車が谷底に転落した」

ゾフィーはぎゅっと拳を握りしめた。知っていることでも当事者の口から聞くと身がすくむ。

「両親は亡くなり、私も重傷を負った。あちこち骨折したうえに頭を強く打ち、それまでの記憶をすっかり失ってしまったんだ。一時的なことでそのうち思い出すだろうと医者は言っていたが、結局十年以上経っても思い出せないままだ。——ここに来て、ゾフィー、きみを目にするまではね」

「わ、わたし……ですか……⁉」

エンデュミオンはにこっと皓歯を覗かせた。

「きみを見たとたん雷に打たれたようになったよ。眩暈でとても立っていられなかった」

ゾフィーは赤くなった。雷に打たれただなんて……。まるで一目惚れでもしたような言い方をしないでほしい。うっかり誤解してしまいそう。

そんな困惑など知らず、エンデュミオンは嬉しそうに続ける。

「きみには世話になったそうだから、きっと懐かしさが引き金になったんだろうな。クリーゼル卿に聞いたんだが、今回用意された部屋は前にも私が使っていた部屋で、ゾフィーがいろいろと気を遣ってくれたそうだね」

「そ、それはあの部屋がいちばん広くて明るかったものですから……！」

けっして下心があったわけじゃないんですっと語気を強める。エンデュミオンは微笑んだ。

「いや、あの部屋にしてもらえてよかったよ。おかげでこうしてなくした過去の手がかりを得られた。――私はね、ゾフィー。なんとしても記憶を取り戻したいと思っているんだ」

「当然ですわ」

ゾフィーは力を込めて頷いた。

「そこで、きみに力を貸してもらいたい」

「もちろんです！　――――はぃ？」

勢いで頷いてしまってから面食らう。とまどうゾフィーにエンデュミオンは極めて魅惑的な笑みを浮かべた。

「私と一緒に、王都に来てくれないかな？」

しばしぽかんとゾフィーは固まっていた。聞き間違いだろうか。それとも空耳？

「………お、王都へ、ですか……？」

「話し相手として側にいてほしいんだ。秘書的なことも少し頼めると助かるかな。お父上の秘書をしているそうだね？　もちろん給金はきちんと支払う」

「い、いえ、そういうことではなく……」

ゾフィーは焦った。なんだろう、あまりにも都合がよすぎない……？　これじゃエミリアの思うつぼ——いや、そういう言い方はおかしいけど。

「ゾフィーに側にいてもらえれば、記憶を取り戻せそうな気がするんだ。手伝ってもらえないだろうか」

じっ、と凝視《みつ》められ、ゾフィーはひくりと口許を引き攣らせた。そんな捨てられた仔犬みたいな目で見ないでほしい。

「あ……、あの、でも、お父様がなんと仰るか……」

「おまえが決めなさい」

あっさり丸投げされてぽかんとする。

「エンデュミオン様の記憶を取り戻す手伝いをしたいと本気で願うなら、行ってもよろしい。気が進まないならはっきりそう言いなさい。無理強いはしない」

「も、もちろん、お手伝いはしたいです。わたしにできることでしたら、どんなことでもいたしますわ」

「ありがとう、ゾフィー」

ホッとした様子でエンデュミオンが微笑む。

「でも、よろしいのでしょうか？　わたしは田舎育ちですし……、お付きの方々の足手まといになるのでは……」

「そんなの気にすることないよ。ゾフィーはれっきとした枢密卿のお嬢さんだし、聖王庁に勤

めるのは何も問題はない。実際、聖職者の子女が職員としてたくさん働いているからね」

ゾフィーは少し考え、頷いた。

「わかりました。エンデュミオン様のお話し相手として、記憶を取り戻すお手伝いをさせていただきます。ですが、それだけでお給金をいただくわけにはいきません。他にも何か雑用などさせていただけないでしょうか」

「雑用？」

「はい。たとえば掃除とか、お茶の用意とか、招待状の返事を書くとか……」

「掃除は係の者がするから必要ない。お茶もそうだが、ゾフィーが自分でやりたいというのなら好きにしてもらってかまわないよ。――ああ、そうだ。せっかくだから手紙の代筆はしてもらおうかな。クリーゼル卿によればゾフィーはとても綺麗な文字を書くそうだね」

「それほどでもございませんけど……」

照れるゾフィーにエンデュミオンは目を細めた。

「それじゃ、お願いできるかな？」

「は、はい。よろしくお願いします」

ぺこりと頭を下げると、嬉しそうにエンデュミオンも会釈をした。

「では、ゾフィー。おまえはもう下がりなさい。私は閣下と打ち合わせをするから」

「わかりました。――おやすみなさいませ、お父様。エンデュミオン様」

「おやすみ、ゾフィー。明日は朝食を一緒に食べよう」

「は、はい……！」

まばゆい笑顔にどきどきしながら夢見心地でゾフィーは退出したのだった。


翌朝はメイドに起こされるとすぐに目が覚めた。父とエミリアと連れ立って別館へ行き、エンデュミオンと朝食を共にした。残念ながらザカリアス卿とルーメン卿が目を光らせていて、当たり障りのない話しかできなかったが……。

最後に彼は館の住人全員に按手を行い、恩寵《おんちょう》を祈ってくれた。見送りでは家族各々の手を握って笑顔で礼を述べた。ゾフィーの手を握った彼は、ちょっと悪戯っぽく囁いた。

「約束だよ？」

顔を赤らめてこくっと頷くと、彼はにっこりと微笑んで馬車に乗り込んだ。

ガラガラと馬車が動き出す。すぐ側に護衛官のジンが騎馬で付き従っている。お付きの人たちの乗った馬車が続き、殿《しんがり》を守る警備兵を見送って、ゾフィーはほうっと息をついた。

しっかり聞き耳をたてていた妹が『約束って何？　何⁉』と目をキラキラさせて迫る。エンデュミオンの話し相手として聖王庁に勤めることになったと聞き、エミリアは悲鳴のような歓声を上げてゾフィーに抱きついた。

はしゃぐ妹をたしなめながら、ゾフィーも気持ちが高揚するのを抑えきれなかった。

第五章　聖王庁は本当に魔窟でした。

ゾフィーが王都へ向けて出発したのは、それから一月《ひとつき》後のことだった。

馬車にはエミリアも乗っている。ゾフィーが聖王庁勤めをすることになったため、一緒にリシャールの家に泊まるという計画は実現できなくなったが、亡くなった母の実家に父が花嫁修業に出してくれることになったのだ。

母は伯爵令嬢で、現在の当主はゾフィーたちの伯父だ。領地の荘園《しょうえん》屋敷の他に王都にも町屋敷がある。タイミングよく夫妻は町屋敷に滞在しており、遊びにおいでと手紙をくれたのだ。

伯父の連れ合いは結婚前から母の友人だった人物で、エミリアの結婚話をとても喜び、母親代わりの付き添い役を自ら買って出てくれた。

近衛将校の妻ともなれば王都での社交は必須。今から顔を覚えてもらうに越したことはない。父をひとり残していくのは心配だったが、気にしなくていいと父は笑って娘ふたりを送り出してくれた。秘書の仕事はゲルルフにやってもらうから大丈夫だという。母の死後しばらく休んでいた研究者向けの集中講義を再開しようかと思い、その準備を始めるそうだ。何か吹っ切れたのか、父の表情は明るい。

王都ではまず母の実家に行ってゾフィーも一泊した。伯父夫婦は温かくもてなしてくれた。伯母はかなりの社交通で、実兄が聖王庁で書記官をしている関係から庁内の事情にも詳しい。

「応援してるわ、がんばってね！」

手を握って激励されてゾフィーは面食らった。伯母はゾフィーが聖王様の花嫁候補だと勘違いしているようだ。エミリアが余計な入れ知恵をしたに違いない。

妹と別れてひとりで聖王庁へ向かう。あらかじめ訪問日時を伝え、話は通っているはずなのに、応接室でずいぶんと待たされた。

一時間以上放置されていると、いつものように忘れられているのではと心配になる。部屋を出て誰かに尋ねてみようかと腰を浮かせると同時に、ノックもなしにバタンと扉が開いた。

「――こんなところに！」

大声にびっくりしたゾフィーは、その人物がエンデュミオンの護衛官だと気付いた。

「ジン……さん……？」

大股に歩み寄った彼は大きく安堵の溜息をついた。彼は気を取り直して一礼した。

「お迎えが遅くなり、大変申し訳ありません。時間になってもいらっしゃらないので、守衛に問い合わせたらとっくにおいでだと……。しかしどこにお通ししたのかさっぱりわからず、案内に差し向けたメイドも途中で交替しただのなんだのと要領を得なくて」

はぁ、とふたたびジンは嘆息した。頑健な体格の護衛官が盛大に眉を垂れ、広い肩を落とす様はなんだかちょっと可愛い。先月会ったときには直接喋る機会がなく、エンデュミオンには忠実だが無表情で少し怖い印象だった。

「すみません、重大な手違いがあったようで」

「いえ、忘れられるのには慣れてますから。わたし影が薄いもので。どうぞお気になさらず」

ジンは気まずそうな顔になってゾフィーを促した。

「どうぞ、こちらへ。閣下が心配していらっしゃいます」

彼の案内で広い廊下を奥へと進む。角を幾つか曲がると背の高い両開きの扉があり、帯剣した衛兵が立っていた。ジンを見ると衛兵はさっと敬礼してすぐに扉を開けてくれた。

なかは部屋ではなく、さらに廊下が続いていた。これまでとは違って絨毯が敷きつめられて靴音が吸収される。壁にはところどころ絵画や花が飾られ、椅子や小型の暖炉まであった。廊下なのか部屋なのかよくわからない。待合室みたいなものだろうか。

さらに幾つも扉を抜け、角を曲がり、階段を昇ったり降《くだ》ったりして、方向がすっかりわからなくなった頃、ようやく目的地に辿《たど》り着いた。

美しい木彫に金箔を貼ったアーチ型の扉の前で足を止めたジンがノックをする。

「閣下。ゾフィー様をお連れいたしました」

「入りなさい」

待ちかねたふうな声が返ってくる。ジンが扉を開けてくれて、入るよう促された。緊張しつつ足を踏み入れたゾフィーは何はともあれまず一礼した。

「遅くなって申し訳ございませ……」

いきなりガバと抱きすくめられて息が止まる。

「よかった！　迷子になったに違いないと気が気でなかったよ。捜しにいこうとしたらジンに止められてしまうし……。ああ、やきもきした」

ぎゅうぎゅう抱きしめられてゾフィーは赤面した。上質な白のダルマティカ越しに、がっしりした胸板の感触が伝わってくる。一見すらりと優美なのに、こうしてくっつくと意外に筋肉質なのがよくわかる。

「す、すみません。行き違いがあったみたいで……」

エンデュミオンはやっと身体を離すと確かめるようにゾフィーの全身を眺めてにっこりした。

「逢いたかったよ、ゾフィー」

「は、はぁ……」

衒《てら》いのない言葉に口許を引き攣らせながらどうにか微笑み返す。屋敷に滞在していたときとはなんだか雰囲気が違うような……？

エンデュミオンはゾフィーの手を取って優美な猫脚の長椅子へと導いた。美しい繻子《しゅす》張りで、高い背もたれは精緻な木彫で縁取られている。

並んで腰を下ろすと彼はごく自然にゾフィーの手を握りながらジンを振り向いた。

「お茶の用意を」

「ただちに」

一礼してジンが出て行く。いきなりふたりきりにされてゾフィーはどぎまぎした。

「聖王庁は増築を繰り返したせいで、たくさんの建物が無理やり繋がれていてね。複雑怪奇な迷路みたいになってる。ここで生まれ育った私でも、ぼんやりしてると迷うくらいだ。迷っているうちに力尽きて亡くなった人もいるそうだから、くれぐれも気をつけて。夜中に出歩くと、未だにさまよっている亡霊に出くわすかもしれない」

「わ、わかりました」

大まじめな顔で言われ、冗談だか本気だかわからないままゾフィーは頷いた。お化けに出くわすのはごめんだ。

「知らない場所で放置されて、さぞ心細かったろうね……。丁重に出迎えるよう命じたのに、どこでどう行き違ったのやら」

「いえ、忘れられていることに早く気付けばよかったんです。慣れているもので、つい」

「慣れている？」

訝《いぶか》しげに問われ、彼が以前のことを覚えていないのだと思い出す。

「わたし、影が薄いというか、存在感希薄というか……。家族にも見過ごされることがよくあって。——あ、ないがしろにされてるとかじゃないんです。家族とは仲いいですし」

焦るゾフィーに彼はにっこりと頷いた。

「うん、それは知ってるよ。……羨《うらや》ましいくらいだったな」

（羨ましい……？）

とまどいを覚えると同時にコツコツと扉が鳴り、大きな銀盆《ぎんぼん》を掲げたお仕着せの侍従が現れた。後ろにはジンが控えている。侍従がテーブルの上に茶器を並べると、エンデュミオンは後は自分ですると言って侍従を下がらせた。ジンも一礼して控えの間に下がる。

エンデュミオンは手ずからカップに紅茶を注いでゾフィーに差し出した。

「ありがとうございます」

恐縮しつつ受け取ると、馥郁《ふくいく》たる香りにこわばっていた肩が自然となごんだ。

「お腹減ってない？　サンドイッチでも用意させようか」

「いえ……、そちらのお菓子をいただければ大丈夫です」

脚つきの銀の皿に、一口サイズのマドレーヌやフィナンシェなどの焼き菓子が盛られている。

エンデュミオンが取り皿に載せてくれたお菓子を、遠慮がちに摘まんだ。

「……あ、美味しい」

フィナンシェを齧《かじ》ってゾフィーは笑顔になった。聖王庁には腕のよい菓子職人《パティシエ》がいるようだ。

「気に入ってもらえて嬉しいよ」

エンデュミオンは微笑んで紅茶を飲んだ。問われるままに、妹や伯父夫妻のことを話していると、大きなノックの音が突然響いた。エンデュミオンは不快げに眉をひそめ、よそよそしく『入れ』と応じた。

扉が開き、黒いダルマティカに金と紫の聖帯《せいたい》をかけた壮年の男性が現れる。父と同じ枢密卿だ。白髪まじりの金髪で厳めしそうな鷲鼻《わしばな》の下に短い口髭をたくわえている。酷薄な灰青色の瞳でいきなり睨み付けられ、ゾフィーは左手にソーサー、右手にカップという恰好で固まった。

「何用かな？　ヴァイラント卿」

傍らのエンデュミオンが無表情に尋ねる。その名を耳にしてゾフィーはハッとした。十一人いる枢密卿の筆頭で、長年にわたって聖公爵の宰相役を務める人物だ。父はヴァイラント卿と対立し、聖王庁を出たとも追われたともいう。

「感心しませんな、閣下。私室で若い娘御とふたりきりになるなど……。謁見室《えっけんしつ》でお会いになるべきでした」

冷たく威圧的な物言いにゾフィーは直感した。彼はエンデュミオンに対して一片たりとも尊敬の念を抱いていない。

エンデュミオンは怯むことなく、鬱陶しげに肩をすくめた。

「ゾフィー嬢は私の幼なじみだ。記憶を取り戻す手助けをしてもらうために、わざわざメルドゥヴァンから来てもらった。その労をねぎらうのは当然ではないか」

「――記憶？」

ふっとヴァイラント卿が口許をゆがめる。笑ったように見えなくもないが、それ以上に嘲《あざけ》りの色が濃い。エンデュミオンは挑むような鋭い目つきで続けた。

「馬車の事故で失った記憶だよ。ゾフィーとはその半年ほど前、クリーゼル卿の屋敷でしばし共に過ごした。彼女と話していれば記憶を取り戻せると思う」

「今更そんな必要がありますか？　記憶などなくとも、すでに閣下は十年以上立派に聖務をこなしておられる。それに、思い出したところでつらいだけなのでは。何故『療養』を記録に残さなかったとお思いか。むろん閣下が傷つくことを避けるため……。忘れていたほうがよいことも、あるのですよ」

むずがる幼児をあやすような、それでいて有無を言わせぬ冷たい猫撫で声に、ゾフィーは反発を覚えた。この人物はエンデュミオンが記憶喪失なのをいいことに、聖王庁で権勢を振るってきたのだ。

「……そなたの気遣いには感謝するが、都合よく忘れたままではいたくない。自分自身に疑いを抱きながら、人々と神との橋渡し役は務められない」

「なるほど。ご立派なお考えです」

彼は胸に手を当ててうやうやしく一礼したが、視線から侮《あなど》りは消えていなかった。

「くれぐれも、ご自分の立場をお忘れなく」

薄笑いを浮かべてそう言うと、彼はくるりと背を向けて出ていった。

扉が閉まるとエンデュミオンは溜息をついた。

「すまない、ゾフィー。ヴァイラント卿は非常に有能な人物なのだが、未だに私を子ども扱いする癖が抜けなくてね。──実は彼は、私の伯父なんだよ」

「え……!?　し、知りませんでした……」

「母の異母兄でね。……あまりおおっぴらには語られないが」

エンデュミオンの母親は元王女。五年前に国王は代替わりしたので、現在の国王からすると叔母にあたる人物だ。その異母兄──と考えて、ゾフィーはハッとした。

先代の王妃はひとりだけ。異母兄というからには妾腹《しょうふく》であるに違いない。

ロファール王国では庶子《しょし》に王位継承権はなく、政治に関わることも厳禁されている。王位を巡る諍《いさか》いを避けるためだ。

女子であれば大抵は貴族に嫁入りし、男子であれば裕福な平民に婿入りするなどして野に散ってゆく。学者や聖職者、軍人となる者もいる。ヴァイラント卿は聖職者の道を選んだわけだ。

これまでゾフィーはエンデュミオンが聖王庁の主である以上、枢密卿の補佐を受けながら彼が自分の考えで諸事を取り仕切っているのだと思っていた。百年以上も行われていなかった枢密卿領の視察を再開したというのもあり、前向きで行動的な人物なのだと。

その考えは改める必要がありそう……と、ゾフィーはぶるりと身震いした。


翌日からゾフィーはさっそくエンデュミオンの侍女兼秘書として働き始めた。白い立ち襟と胸覆《むねおお》い、大きめのカフスのついたパフスリーブの濃紺のドレスを着て、ジンから仕事の引き継ぎを受ける。

聖王庁で歓迎されていないことは昨夜のうちに実感させられた。持参した荷物が行方不明になったのだ。衣裳などはこちらで用意すると言われていたので、持ってきたのは夜着や下着、日用品くらいだが、これらを入れたトランクが何処《いずこ》ともなく消えてしまった。

最初に玄関までゾフィーを迎えに来て応接室に置き去りにした中年のメイドが、部屋に運ぶよう従僕に命じるのは聞いたが、そのメイドも従僕も誰だかわからずじまい。

聖王庁には職員だけで百人以上おり、使用人はその三倍はいる。命令系統も複雑かつ厳格で、ものを頼むにも順序だててやらないといけないので何をするにも時間がかかる。

ゾフィーには直属のメイドがひとり付けられ、世話をすることになっていた。本来、彼女が迎えに来るはずだったのに、守衛からの連絡がどこかで誰かに横取りされたらしい。

リタという名のメイドはゾフィーより四つ年下の十六歳で、濃い栗茶《くりちゃ》の髪を後頭部できっちりとまとめ、人懐っこい榛《はしばみ》色の瞳をしていた。彼女は荷物の紛失を何度も詫《わ》び、とりあえず必要なものを急いで揃えてくれた。ゾフィーを放置して消えた中年メイドとは全然違って、感じのよい少女だ。

用意されていた仕事着はお仕着せらしいが他に同じ服を来ている人は今のところ見かけない。リタのメイド服とも違う。メイドは歩きやすいように裾が短めだが、ゾフィーのドレスはシンプルながらスカート部分には広げればほぼ円形になるほどたっぷりと布地が使われ、生地も光沢がある上質なウールだ。

聖王庁には大勢の使用人がいるにもかかわらず、エンデュミオンの身の回りの世話をするものはごく少数だった。本来護衛官であるジンが従者の役目まで引き受けている。といっても、エンデュミオンは自分のことはほとんど自分でしているそうだ。

ジン以外の側仕えはほとんど一カ月単位で交替するため、なじむ暇がないので自分でやるようになったという。用心のためらしいが、お気に入りの召使すら持てないなんて、国王に次ぐ身分なのにずいぶんと不自由だ。まるで聖王庁という巨大で複雑な鳥籠に囚われているかのよう……。

ジンだけはずっと側にいるが、それは彼が警護役である以上、腕前が確かな者でなくては務まらないからだ。高位聖職者を警護する護衛官は何人もいるが、ジンは定期的に行われる審査試合でも首位を保ち続け、他の追随を許さないという。

一方リタは、エンデュミオンが行幸した町で十に満たない頃に出会った。病で家族を亡くし、引き取られた孤児院での生活になじめずに脱走して路上で生活していたそうだ。エンデュミオンはリタをとある司祭の未亡人に預けた。そこで老婦人の身の回りの世話をしながらメイドの仕事の他に基礎的な教育や行儀作法も覚え、老婦人が亡くなると聖王庁に勤めた。

今回、ゾフィーのメイドを決めるためにエンデュミオンは自ら面接をして、リタを採用した。彼はリタのことを覚えていてくれて、それがすごく嬉しかったそうだ。

「閣下はゾフィー様のことを大切な恩人だと仰っていました。だからわたし、誠心誠意お仕えさせていただきますね！」

張り切って挨拶され、恩人といわれるほどのことはしてないんだけど……と気後れしつつ、エンデュミオンの気遣いに感謝する。彼ほどの地位にある人物なら万事側仕えに任せてしまいそうなものなのに。

（……任せられる人が、いないのかも……？）

国王と並ぶ地位にありながら、彼はひどく窮屈な生活を送っていることが、だんだんとゾフィーにもわかってきた。

　彼の側には常に誰かが控えている。一挙手一投足を監視されているようなものだ。ずっとそういう生活をしているのだから、ある程度慣れてはいるのだろうけど……。

　ゾフィーは『話し相手』として呼ばれたので、基本的にエンデュミオンの執務中はすることがない。秘書的な仕事もしてもらえれば助かると言われたが、それは実際の秘書が——というよりヴァイラント卿を始めとする側近たちの反対で実現しなかった。

　手紙の代筆だけはさせてもらえるようになった。単に、三人いる秘書官の誰よりもゾフィーの字が美しく読みやすかったからだが。

　ほとんどは様々な催事への招待に対する出欠の返事だ。第一秘書官の指示でゾフィーが書いた手紙を第二秘書がエンデュミオンの元へ持っていき、彼が確認して署名をした手紙を第三秘書が出しに行く。

　この三人の秘書も入れ替わりが激しくて、三カ月ごとに全員入れ替わってしまう。引き継ぎも適当なので、結局ずっと側にいるジンに聞かなければわからないことが多々あるのだった。

　エンデュミオンの忙しさは想像以上で、毎日謁見希望者が列をなし、聖王庁内の聖堂で一日三回行われる礼拝のうち一回は彼自身が祈祷をすることになっている。

　食事も公務の一環で、朝は聖王庁詰めの枢密卿たちと共に摂り、昼餐《ちゅうさん》と晩餐には大抵客人が加わる。ロファールの聖王庁には各国から聖職者が会議だの陳情だので訪れるので、誰も客がいないということは滅多にない。

公務と聖務のあいだに、エンデュミオンは身体を鍛えてもいた。体力がないとやっていけないからだそうだが、ジンと剣の稽古《けいこ》をしているのを見ると、気晴らしの意味も大きそうだ。

かなり真剣に取り組んでいて、本職の護衛であるジンには及ばないまでも相当な腕前らしい。抱きすくめられたときの逞《たくま》しい胸板の感触を思い出してゾフィーはひっそりと顔を赤らめた。


ゾフィーが聖王庁に勤め始めてあっというまに一カ月が経った。折しも六月、庁内に何か所かある中庭でも色とりどりの薔薇が満開だ。

天気のよい昼下がり、ゾフィーは紫水晶館《アメシスト》の中庭で食卓に飾る薔薇を選んでいた。紫水晶館《アメシスト》は聖王庁のなかにあるエンデュミオンの私邸で、ゾフィーはここに続き部屋《アパルトマン》をもらっている。

今日は珍しく客人がなく、エンデュミオンは午前中の執務を終えたらこちらに戻ってきてゾフィーと一緒に昼食を摂るつもりだとジンが伝えに来た。

ふたりきりの食事のときは長いお祈りも賛美歌もなく、温かい食事をのんびりと摂れるとエンデュミオンは喜んでいるが、当然ながらヴァイラント卿を始め枢密卿たちはいい顔をしない。

ゾフィーがここにいること自体、彼らにとってはおもしろくないのだ。

枢密卿の子女が聖公爵の身の回りの世話をすること自体は前例もあり、問題ないのだが、エンデュミオンがまだ独身であるため彼らは渋い顔をしている。

むろん、自分たちの娘や縁者を嫁がせたいという思惑があるからだとリタが教えてくれた。

「閣下のお心はとっくに決まっていらっしゃいますのにねぇ」

得意げにリタに言われてゾフィーは曖昧に微笑んだ。リタは最初からエンデュミオンがゾフィーと結婚するつもりで呼び寄せたのだと思い込んでいる。彼が幼い頃の記憶を失っていることは伏せられているので本当のことを話すわけにいかず、幼なじみのよしみで行儀見習い兼秘書の研修をさせてもらっているということにしてある。

リタにはしたり顔で『立場上いろいろ大変なんですね。わたしはおふたりの味方ですよ』と真剣に同情されてしまった。

なんだか皆に誤解されていて困惑する。そもそもは妹のエミリアが、放っておいたら嫁かず後家になりそうな姉を自分の結婚前に片づけようと、親切心だか自分勝手なのだか判然としない理由で言い出したのがきっかけだ。

勧められたのが初恋相手とはいえ遥《はる》かに手の届かない存在だったので、単なる軽口か冗談だと思っているうちに、気がつけば曖昧な立場ながらほとんど同居状態になっている。

（でも、エンデュミオン様がわたしのことを結婚相手と見ているとは思えないわ）

確かにある意味『特別』ではある。彼自身忘れてしまった過去を知っているのだから。

話をしているうちに思い出すだろうと期待されてやって来たゾフィーだが、当時のことを話すのは思った以上に大変だった。何せ彼が『悪魔に取り憑かれていた』ことは伏せられているのだから。

その点、出発前に父からも念を押された。父はエンデュミオンが我が家に『療養』に来ていたことは認めたが、悪魔うんぬんについては話していない。若年にもかかわらず公務に追いまくられて気鬱になったと説明したそうだ。

記憶を失っている今の状態で悪魔に取り憑かれていたなどと知らされたら、深刻なショックを受けるに違いないと慮《おもんぱか》ってのことである。

（思い出したら、サリエルはまた出てくるのかしら……）

ふと、胸が奇妙に疼《うず》き、気まずくなってゾフィーはふるふるとかぶりを振った。

彼とはあの『夢』以来会っていない。あれは本当に夢だったのだろうか。それとも現実？　あのときサリエルが言っていたとおり、ゾフィーは聖王庁まで来てしまったが……。

（わたし、サリエルに会いたいのかしら……？）

まさか！　悪魔になんて会いたいわけがない。大体あれは夢だもの。あの夜以来サリエルは現れない。思惑どおりに事が運んでいるとしたら、彼のことだ、きっと得意げに出てくるはず。なのにずっと現れないということは――。

「……やっぱり夢だったのよ。サリエルは、もういない」

自らに言い聞かせるように呟いたとたん、背後から笑みまじりの声がしてゾフィーは飛び上がった。

「いるぞ？」

振り向くと白いダルマティカ姿のエンデュミオンが立っていた。だが、その表情はいつもの彼ではない。口角に浮かぶ悪童めいた笑み。蒼い瞳に浮かぶのは思慮深さではなく何か企《たくら》んでいるような、期待しているような悪戯っぽいきらめきだ。

彼は硬直するゾフィーに歩み寄って顔を覗き込んだ。気圧《けお》されて上体が反ってしまう。

「俺はここにいる。いつだっておまえを見てるんだ」

「……サ……サリ、エ、ル……？」

「そんなに逢いたいなら呼べばいいのに。ゾフィーは奥ゆかしいな。うん、可愛いぞ」

「な、何言っ――⁉」

いきなり顎を取られ、唇が重なった。ゾフィーは琥珀色の瞳を限界まで瞠った。我に返ってもがくと、逃すかとばかりにがしっと抱きすくめられて身動きが取れなくなる。

「んんッ、んーっ！　んッ、んんんッ」

拳を握って厚い胸板をぽかぽか殴りつけたが、びくともしない。角度を変えながら繰り返し唇を吸われる。焦るあまり鼻呼吸すればいいことにも思い至らない。

必死に身をよじっていると顎を強く掴まれ、薄く開いた歯列の隙間から舌が入り込んできた。

（んぅ……⁉）

驚くあまりに口を開いてしまい、阻むどころか逆により深い侵入を許してしまう。

息苦しさに睫毛が濡れる。同時に奇妙な熱を内奥に感じてゾフィーはぞくっとした。四肢から力が抜けてへなへなと崩れそうになり、彼の胸元に深くもたれる恰好になった。

ぬるっ……と熱い舌が絡み合う。強引に擦り合わされると脚の付け根がぞくぞくして頬がカーッと熱くなった。ちゅぷ、ぴちゃ、と水音が耳元で響くのも恥ずかしくてたまらない。

抵抗が弱まったことに気付くと、彼は一転して優しく舌を吸い始めた。ちゅっちゅっとついばむように吸い、ねっとりと舌を舐《な》め回す。ようやく息が継げるようになったものの、眩暈とぞくぞくする感覚とで力が入らない。

　腕にかけていた花籠が落ちそうになる。気付いたサリエルがゾフィーの唇を吸いながら危なげなく籠の持ち手を掴んだ。拘束する腕が一本になったのだからその気になれば逃げられるのに、意識が朦朧《もうろう》としてしまい、されるがままに口唇をねぶられる。

　どれくらいそうしていたのか、やっと唇が解放された。額や頬に何度も唇を押し当てられるうちに意識がはっきりしてきて、ゾフィーは息を荒らげながら力なく彼の胸を押し返し、よろよろと後退った。

「……ど……して……」

「ん？」

　悪びれもせず首を傾げる悪魔を、戦慄《わなな》きながら凝視する。

「消えたんじゃ……なかったの……⁉」

「眠ってただけだって言っただろう？」

「あ、あれ、夢だったんじゃ……」

「夢だと思ってたのか。つれないな」

　わざとらしく肩を落として嘆息する悪魔をゾフィーはキッと睨み付けた。

「ど……どうして消えてないのよ⁉」

「どうしてと言われても。出て行きたくてもこ、い、つが離してくれないんだ。仕方がない」

顔をしかめるサリエルを、ゾフィーはまじまじと凝視《みつ》めた。

「……エンデュミオン様があなたを捕まえているとでも言うの？」

「そういうことだ」

「嘘！　居心地がいいから居坐《いすわ》っているだけでしょう⁉」

指を突きつけて決めつけると、サリエルは目を瞬いてニヤリとした。

「そうかもな」

ふたたび唇をふさがれ、ゾフィーは目を白黒させた。両手で思いっきり胸を押し返すと、今度はあっさり解放された。悪魔はニヤニヤとうそぶいた。

「こいつの身体に入ってないと、こうやっておまえにキスできないし？」

「さ……最低っ……！」

「おまえだって、俺とキスしたがってたくせに」

「冗談言わないで」

睨み付けるとサリエルはかすかに目を細めた。

「さっき俺を呼んだだろう？」

「呼んでません！」

「いいや、呼んだ。確かに聞こえたぞ。だから出てきた。──ゾフィー、おまえが呼ぶから出てきたんだ」

思いがけぬ真剣な顔つきにゾフィーはとまどった。

「それは……確かにさっき、うっかり口にしちゃったけど……」

「うっかり洩《も》れ出るのが本音というものだ」

うんうんとしたり顔で頷く悪魔を睨み付ける。

「会いたくて呼んだんじゃないわよ！　あなたは消えたんだって確認しただけ」

「だから消えてねぇって」

「どうして消えてないの⁉　消えるって、約束したはず――」

ふいに、少年の姿をしたサリエルが思い浮かんだ。

『四つ葉のクローバー、俺にもくれよ』

くれたら消えてやる、と彼は言った。ゾフィーが必死に探した四つ葉のクローバーは、崖から落ちたときに散ってしまって……。それでも彼は『確かに受け取った』と微笑んで……。

微笑んで、消えたのに。

なのに、どうして――。

じわっと瞳が潤むのを感じながらゾフィーは彼を睨んだ。瞬きしないよう瞼に力を込める。そうでもしないと涙がこぼれてしまいそうで。

彼はニヤニヤ笑いを消し、真摯なまなざしでゾフィーを凝視《みつ》めた。大きな掌がそっと頬に触れる。びくりと身をすくめたが、さっきのように無理やりくちづけられることはなかった。

「……嬉しかったんだ」

「え……？」

「おまえが、俺を呼んだから」

悪魔らしくもない気恥ずかしげな笑みにたじろいで、まじまじと見返す。ゾフィーの頬をそっと撫でて彼は呟いた。

「覚えてくれて、嬉しかった」

忘れるわけ、ないじゃない……！

叫びそうになるのを、ぎゅっと拳を握って抑える。

そんなこと、悪魔に言ってはいけない。付け入られる。居坐られる。サリエルは消えるべき存在。消えなくてはならない存在なのだ。〈聖者〉エンデュミオンのために。

「……呼んだんじゃないわ」

拳を握り込み、掌に爪を立てながら低くゾフィーは呟いた。

「あなたに会いたかったわけじゃない」

蒼い瞳を凝視《みつ》めて、きっぱりと告げる。サリエルは黙ってゾフィーを見返した。心のなかで盾を構える。見透かされませんようにと必死に祈りながら。

ふっとサリエルは笑った。

「わかってるさ。ゾフィーが好きなのは『エンデュミオン』だもんな」

呟きが何故だか胸に突き刺さった。あのときと同じ、寂しそうな、諦めたような笑み。

彼は手に下げていた花籠をそっとゾフィーに押し付けた。

「……こいつのために摘んだんだろう？」

サリエルは微笑んで踵《きびす》を返した。ひらひらと片手を振り、振り向かずにうそぶく。

「迂闊《うかつ》に名を呼ぶんじゃないぞ。なにせ悪魔は地獄耳だ」

後ろ姿が建物のなかに消えても、ゾフィーは花籠を抱えたまましばし立ち尽くしていた。

虚脱したように佇んでいるとリタが探しに来た。

「ここにいらしたんですか。閣下がお戻りになられましたよ。食事の用意もできてます」

我に返ってゾフィーはぎくしゃくと微笑んだ。

「あ……、ごめんなさい。食卓に飾ろうと思って薔薇を摘んでいたんだけど……」

「まだ間に合いますよ。急いで飾りますね」

リタが籠を受け取り、一礼して走ってゆく。その後ろをゆっくりと追いながら、ゾフィーは胸底にわだかまる鈍い痛みを抑えかねていた。


「――何か悩み事でもあるのかい？」

昼食後、出された紅茶を飲んでいるとエンデュミオンが静かに尋ねた。我に返ってゾフィーは顔を赤らめた。食べ終えた皿はすでに下げられ、食卓にはティーカップと先ほど庭で摘んだ薔薇の花だけが残っている。

「すみません、ぼんやりしてました」

「悩みがあるなら話してくれないかな。力になるよ」

ためらいがちにかぶりを振り、ふとゾフィーは呟いた。

「わたし、ちっともお役に立ってないですよね」

「いきなり何を言うんだ」

エンデュミオンは面食らったように蒼い瞳を見開いた。

「きみが来てくれて、毎日が楽しいよ。仕事が終わればゾフィーと語り合えると思えばやる気も倍増、いや三倍増さ」

茶目《ちゃめ》っ気《け》のある笑顔につり込まれ、口許を引き攣らせる。エンデュミオンは近頃よくこんなくだけた笑顔を見せる。伏し拝みたくなるような神々しい聖者の微笑もたまらなく好きだけれど、こんな笑顔も素敵だ。気を許してもらえてすごく嬉しい。

「でも、記憶は戻らないし……」

彼はたじろいだように黙り込んだ。

聖王庁へ来て一カ月。思い出話も数日で尽き、後は問われるままに家族のことや日々のできごとをつらつらと話すだけ。

(……そうだわ。わたし、サリエルのことばかり話してた)

今になって気付いた。十一年前のあのとき、表に出ているのはエンデュミオンよりサリエルのほうがずっと多かった。悪魔に取り憑かれていたということは伏せているから、ゾフィーはどちらのこともすべてエンデュミオンの言動として話していたのだ。

彼が興味津々で聞いてくれるから、つい、いい気になって……。

きっとそのせいで、せっかく眠っていた悪魔を起こしてしまったのだ。

（やっぱりわたしが呼んだってこと……？）

きゅっと唇の裏を噛む。そんなゾフィーをじっと凝視《みつ》めていたエンデュミオンは、やがて何事か決意した面持ちで切り出した。

「もしかしたら私は、本当は思い出したくない……と思っているのかもしれないな」

驚いて目を向けると、エンデュミオンは口の端に気まずそうな笑みを浮かべた。

「あるいは怖いのかもしれない。思い出したら何かが壊れてしまいそうな気がして……。大切な何かが」

「何かって？」

「……さぁ。なんだろうね。自分でもよくわからない」

エンデュミオンは考え込むように呟いた。

「すぐに記憶を取り戻せるなんて最初から思っていないよ。何しろ十年以上も記憶喪失のままだったんだ」

「それでも立派に務めて来られましたわ」

「操られるままに踊っていただけさ。ヴァイラント卿の都合のよいように……ね」

自嘲もあらわに吐き捨てられ、ゾフィーは驚いた。

「そんな……」

「伯父は私の記憶が戻らないほうがいいんだよ。はっきり言えば、戻っては困ると考えている。

自分の思いどおりに事を運べなくなるからね。ゾフィーもだんだんわかってきただろうけど、聖王庁を実質的に取り仕切っているのはヴァイラント卿と彼の一派だ」

彼は言葉を切り、声を低めて続けた。まるで盗み聞きされるのを恐れるかのように。

「……私は長い間、ヴァイラント卿に操られるだけの傀儡《かいらい》だった。記憶をなくしてからの数年間は彼に頼らざるを得ないという事情もあった。大怪我していたし、リハビリにも長い時間がかかったからね。そのあいだ彼は聖公爵の摂政《せっしょう》として公務を代行し、自分の権力基盤を磐石《ばんじゃく》のものとした。今や聖王庁の実質的な支配者として君臨しているよ。私が成人しても宰相となってけっして手綱《たづな》を離そうとしない」

「で、でも！ エンデュミオン様は自ら視察に出たり、様々な改革に取り組んでいるではありませんか」

「飴《あめ》と鞭《むち》を使い分けてるだけさ。彼は私の反抗心すら利用して、自由を得たような錯覚を与えながら同時に自分に都合の悪いものを消し去っているんだ」

ゾフィーは絶句した。

姿勢を戻した彼は、蒼い瞳に不穏な光を揺らめかせた。

「何年もかけて、私は少しずつ自分の意志を通せる領域を広げてきた。成長に伴って、彼の譲歩を引き出しながら……。しかし未だ完全にひっくり返すには至らない。彼はこの十年のあいだに木蔦《きづた》のごとくしっかりと聖王庁に絡みついて、引き剥がすのは容易なことではない……だからね、ゾフィー。きみは私の切り札なんだ」

「切り札？　わたしが……ですか？」

とまどうゾフィーに彼はにこりと笑った。

「きみは私の過去を知っている。私自身がなくしてしまった過去を」

「わたしが知っているのなんて、ほんの一カ月かそこらですよ!?」

「それで充分なんだよ。その一カ月のあいだに起こったことを、ヴァイラント卿は知らない。知っているのはゾフィー、きみときみのお父上だけだ。自分が知らないことを他人が知っている……。そう考えるだけで人は容易に疑心暗鬼になるものだろう？　きみが側にいてくれれば私を意のままに動かそうとする彼の歯止めになり、同時に苛立ってしっぽを出すことも期待できる」

「……つまり、わたしは囮《おとり》というか、疑似餌《ぎじえ》……みたいなものということでしょうか」

慎重に尋ねると、エンデュミオンは感心した様子で微笑んだ。

「ゾフィーは察しがいいね。そういうところも大好きだよ」

「は……!?」

いきなり『好き』などという言葉がエンデュミオンの口から飛び出してきて焦っていると、彼はテーブル越しにゾフィーの手を引き寄せてぎゅっと握りしめた。

「だからゾフィー。私と結婚してくれないだろうか」

第六章　悪魔の本音

しばらくゾフィーは唖然とするばかりで言葉も出なかった。

「け……結婚……⁉」

「うん。きみが好きなんだ」

そんな大事なことを、微笑みながらさらっと言わないでほしい！

焦って口をぱくぱくさせていると、彼はゾフィーの手を取って跪いた。

「ゾフィー・クリーゼル。どうか私と結婚してください」

「ちょ……！　エンデュミオン様！　立って！　立ってくださいっ」

飛び上がったゾフィーの背後で椅子が不安定にグラグラ揺れた。エンデュミオンはぎゅっと握ったゾフィーの手に唇を押し当て、立ち上がる気配はない。

「結婚を承知してくれるまで動かない」

「もうすぐ午後の執務が始まりますよ⁉」

「きみへの求婚以上の重大事などあるものか」

きっぱり言い切られてしまい、おろおろと目を泳がせる。エンデュミオンはそんなゾフィーを見上げて蒼い瞳を細めた。

「……私のことが嫌いかな？」

「とんでもない！　もちろん、お、お……お慕《した》いしております！」

エンデュミオンの蒼い瞳に一瞬、何か影みたいなものが走ったように思えたのは錯覚……？

彼は心底嬉しそうににっこりした。

「じゃあ、結婚してくれるね？」

「で、でもわたし」

「身分は問題ないよ。ゾフィーは枢密卿の娘だし、父方母方とも伯爵以上の貴族の血筋だ。

……それとも誰か他に好きな人がいるとか？」

ぶんぶんぶんぶんっ、と激しく首を振る。

「いません！」

「なら問題ないね。きみの家族にも喜んでもらえるはずだ」

それはもう大喜びだろう。妹と伯父夫婦は間違いなく飛び上がって万歳する。父だって、反対するくらいなら最初から聖王庁へ行くことを許さなかったはず。

「わ、わかりました。慎んで、その、お受けいたしますので、とにかく立ってください！」

懇願されてようやく立ち上がったかと思うと、エンデュミオンはゾフィーをしっかと抱きしめた。凛とした清涼感のある香りとダルマティカ越しに伝わる胸板の感触に、さきほどサリエルに抱きすくめられてキスされた記憶が鮮明によみがえる。焦りと罪悪感とでゾフィーは真っ赤になってひたすら身を縮めた。

「きみが好きだ。ずっと好きだった。きみがいると息をするのがすごく楽なんだ……」

「く、空気ですから」

照れ隠しのように呟くと、頭上でくすりとエンデュミオンが笑った。

「ああ、そうだったね。太陽と風と野の花の香りのする空気。……きみだけだよ。そんな空気をまとっているのは」

以前、そう言われて嬉しかったということは伝えてある。

（あ……。でもそう言ってくれたのは、サリエルだったんだわ）

幼い自分を抱きしめ、呟いた少年。傷ついた寂しい目をした悪魔《サリエル》。

『おまえが、俺を呼んだから』

『迂闊に呼ぶな。悪魔は地獄耳だぞ』

しみじみとした囁き声と、ぶっきらぼうに言い捨てた声。

そのどちらもが彼なのだ。いつもゾフィーの胸をかき乱しては煙のように消えてしまう悪魔。いなくなったかと思えば突然しれっとした顔で出てくる悪魔。

『俺を捕まえているのはエンデュミオンのほうだ』

そんなことをぬけぬけとうそぶいて――。

もう二度と、彼の名前は呼ばない。

呼ばなければ出てくることはないのだから。

一旦決めるとエンデュミオンの行動は速かった。ゾフィーと結婚することを、その日のうちに側近たちに通告したのだ。

すんなり了解が得られるわけもなく、聖王庁詰めの枢密卿八人全員から猛反対された。残る三人は父をふくめ反ヴァイラント派だが、いずれも僻地《へきち》に飛ばされている。たとえ三人とも賛成してくれたところで聖公爵の結婚には枢密卿全員の承認が必要なのだからどうしようもない。

憮然とした顔で戻ってきたエンデュミオンからそう聞かされ、当然の反応だとなだめた。

「私は諦めないからね」

真剣に言われて頷きつつ、ゾフィーは残念なようなホッとしたような奇妙な気分だった。

エンデュミオンとの結婚がイヤなわけではけっしてない。彼を慕っていると告げたのは嘘ではないし、彼の側で支えてあげられたら……という思いは聖王庁での激務やひそかな奮戦ぶりを見守るうちに以前よりずっと強くなった。

それが『恋』なのかどうか、正直わからない。考えるのが怖いのだ。考えてはならない相貌《かお》が、どうしても浮かんでしまうから——。

夜、もう用はないからとリタを下がらせ、ゾフィーはソファで溜息をついた。

「……本当に、このまま結婚しちゃっていいのかしら」

そもそも結婚できるかどうか疑わしいが。いくらエンデュミオンが望んでくれても、枢密卿全員の承認を得るのは不可能だ。ヴァイラント卿が聖王庁を牛耳《ぎゅうじ》っているかぎりは。

（エンデュミオン様は卿から実権を取り戻そうとしていらっしゃるのよね）

だったらまずはそっちを優先すべきではないだろうか。ヴァイラント卿の力を削《そ》がなければ、いくら結婚したくたって無理なのだから。

（――でも、エンデュミオン様はわたしを囮にして卿に圧力をかけようとしてるわけで）

『囮』という言葉に妙なスリルを感じ、秘密を共有しているのだと思うとドキドキした。彼のためなら囮でも疑似餌でも喜んで引き受けるけれど、やはり緊張する。

（わたしごときにそんな重要なお役目が務まるのかしら）

空気なわたしに。聖王庁でも相変わらず影は薄く、リタを始め使用人たちやジンによく驚かれる。部屋で静かに読書などしていると、掃除に入ってきたメイドに気付かれず、ハタキをかけられそうになったことさえあった。置物と見做されたのだろうか。メイドは真っ青になって平謝りしていた。

護衛官のジンすら職業柄、人の気配に敏感なはずなのにゾフィーに気付かないことが多く、絶対に敵に回らないでほしいと真剣な顔で懇願された。暗殺者にでもなられては困る、と。エンデュミオンはふつうに気付くのだから、そんな心配は無用だと思うけど。

そう、彼は気付いてくれる。静かにしていても、ふっと視線を向けて微笑んでくれる。

実はゾフィーは執務室内に控えていることも多かった。衝立《ついたて》で囲まれた一角で、エンデュミオンが仮眠や休憩をとるための場所だ。

執務机からは見えるが、机の向こう側に立っている人たちからは見えない。いかにも鋭そうなヴァイラント卿もふくめ、今のところ誰もそこにゾフィーがいると気付いた者はいなかった。

別に聞き耳を立てているわけではなく、静かに読書や手芸などをしているのだが、自然と彼らの会話が聞こえてくる。立ち話もよく耳にした。なぜだか皆近くでひそひそ話をしてくれるのだ。空気でありながらゾフィーには妙な吸引力があるらしい。

故郷でも『壁の花』であると同時に社交界一の事情通と言われていた。妹のエミリアはそれをゾフィーの才能だと言い、隠密《スパイ》になったらどうかとずいぶんけしかけたものだ。危険な目に遭いたくないので取り合わなかったが、その『才能』のおかげで、早くもこの一カ月のうちにゾフィーは庁内の人間関係や政治事情をあらかた把握していた。

（……それはともかく、エンデュミオン様は本当にわたしと結婚したいのかしら？）

なんだろう。すごくもやもやする。好きだと告白され、求婚されて嬉しいはずなのに、どうしてこんなにもやもやするの……？

やっぱり悪魔《サリエル》のことを伏せているせい……？

記憶を取り戻すまで結婚しないほうがいいのでは？　と考えてゾフィーはハッとした。

「もしかしたらエンデュミオン様は、悪魔にそそのかされているのでは……!?」

以前サリエルは言っていた。エンデュミオンがゾフィーに気付くのは、自分が気付いてそれを教えてやっているのだと。サリエルと喧嘩して彼が『教えなく』なったら本当にエンデュミオンはゾフィーに気付かなくなり、他の人と同じ反応をするようになった。

つまり、悪魔は表に出ていなくてもエンデュミオンに影響を及ぼしているのだ。

（ということは、エンデュミオン様がわたしのことを『好き』だというのも、悪魔の囁きを真に受けて錯覚しているのかもしれないじゃない！）

だからこんなに心がもやもやするんだわ、と納得してゾフィーは何度も頷いた。

悪魔《サリエル》は昔からゾフィーのことを妙に気に入っていた。実体を持たない彼がゾフィーを自分のものにするにはエンデュミオンの身体を利用するしかない。彼をそそのかしてゾフィーが好きだと錯覚させ、首尾よく結婚したら我が物顔で出てきてゾフィーにあれやこれやと破廉恥《はれんち》なことをするつもりなのだ。あの不埒なくちづけみたいに――。

舌を入れられ、口中を舐め回されたことを思い出してゾフィーは火を噴きそうになった。

「だ、だめよ！　あんないかがわしいことを許しては、エンデュミオン様が穢《けが》れるわ！」

思わず叫んでしまい、ひとりきりなのに焦ってきょろきょろと周囲を見回す。ゾフィーはぐっと拳を握った。

（エンデュミオン様の大切なお身体を悪魔に利用させてなるものですか！）

悪魔《サリエル》のことをきちんと話し、知らぬ間にそそのかされている可能性があることをお伝えせねば。それで求婚が撤回されたとしても仕方のないことだ。結婚しようがしまいが一生エンデュミオンの味方でいるという決意は揺らがない。

悪魔を追い出す方法を一緒に考えよう。エンデュミオンが捕まえているから離れられないのだとサリエルは言っていた。それが本当なら、彼が悪魔にしがみつく理由――そうせざるを得ない理由を探り、その手を離す方法を考えればいい。

奮起したゾフィーは、暖炉《マントルピース》の飾り棚に置かれた時計をちらっと見た。九時半少し前。エンデュミオンが床に就くのは十一時くらいだから、まだ起きているはず。

明日の朝まで待っていたらせっかくの奮起が無駄になる。人間は弱いもの。いくら身の程をわきまえているつもりでも、明日になれば『やっぱり憧れのエンデュミオン様の妻になれるならいいわ。悪魔はそのうちどうにかしましょう』などと都合よく考え始める可能性大である。

ゾフィーは夜着の上にガウンを羽織り、きっちりと前を合わせて共布《ともぬの》のベルトを固く締めると『よしっ』と気合を入れて部屋を出た。

ゾフィーの続き部屋は紫水晶館《アメシスト》の二階の西端にあり、エンデュミオンの居室は廊下の反対側、東端にある。廊下はその真ん中に階下へ続く大階段があり、なぜか廊下の真ん中が台形に高くなっていて上り下りの階段が付いている。大階段の上に張り出す恰好で小さなバルコニーまであった。今は私邸になっているが、かつてここは公邸で、そのときに説教壇や演壇として使われていたのだそうだ。

台形部分を昇って降り、ゾフィーは東の棟に足を踏み入れた。すでに何度も訪れてはいるものの、こんな時刻はさすがに初めてだ。

聖職者とはいえ夜分に若い殿方のもとを訪れるのは褒められたことではない。独身の誓いをたてる隠修士《いんしゅうし》もいるが、聖教会の司祭は結婚するのがふつうだ。地位が上がるほど結婚していることが望ましいとされる。よって独身の司祭は中〜上流の一般男性とほぼ変わらない。

しかし、今は淑女のたしなみよりも勢いを優先させたい。そうでもしないと悪魔うんぬんなど到底打ち明けられそうになかった。

ゾフィーは廊下の突き当たりで足を止め、落ち着こうと深呼吸をした。控えめにノックをしたが応答はない。扉の向こうはかなり広い控えの間になっていて、暖炉と応接セットが置かれている。夜はそこでジンか彼の部下が宿直《とのい》をしているはずなのだが……。

そっと扉を開けてみると、灯はついているものの人の姿はない。

（取り次ぎを頼もうと思ったのに、どうしよう……）

迷いながら広い部屋を横切り、反対側の扉を敲《たた》いてみる。この向こうは第二の控えの間で、広さは第一の控えの間の半分ほど。絵画が飾られた壁際にいくつか椅子は置いてあるが、横幅のある廊下みたいなものだ。

こちらにも人影はなかった。当惑しながら足音を忍ばせて進み、第三の扉の前でゾフィーはためらった。この扉を抜ければもうエンデュミオンの私室だ。真ん中が居間で右手は書斎と図書室。左手は寝室と浴室だが、むろんそちらへ入ったことはない。

（おかしいわ。警備が誰もいないなんてありえない）

そっと扉に耳を押し当てる。分厚い樫《かし》の扉を通してぼそぼそと人声が聞こえてきた。ジンとエンデュミオンが何か話している。今夜の宿直はジンの当番なのだ。彼はほとんど唯一の気が置けない存在だから、なかに呼び入れてくつろいだ会話でもしているのだろう。

扉は両開きだったので、ちょうどその隙間からふたりの話す声が聞こえてくる。うっかり聞き耳を立てそうになって、ゾフィーは顔を赤らめた。

（やだ、はしたないわ）

邪魔するのも悪いが思い切ってノックしようとしてふとゾフィーは手を止めた。なかから突然、自分の名前が聞こえてきたのだ。

「――しかしそれではゾフィー様が誤解なさるのではないでしょうか」

淑女のたしなみが吹き飛び、ゾフィーはぐっと耳を扉に押し付けた。

（誤解？　わたしが何を……？）

「後できちんと説明するつもりだ」

応えるエンデュミオンの声はどこか歯切れが悪い。ジンにもそれは伝わったようで、護衛官の口調はさらに渋くなった。

「先に説明なさったほうがよろしいのでは？」

なんの説明だろうとゾフィーは眉をひそめた。今度は応じるまでに間が空いた。

「……うまく説明できる自信がない」

溜息混じりの声音は今まで聞いたことがないほど弱々しい。

「正直に言うだけでいいと思いますよ」

「それでゾフィーが怒って『結婚しない』と言い出したらどうするんだ⁉」

「なるほど。幻滅されるのがイヤなわけですね」

「クソまじめな顔ではっきり言うなよ」

ムッとした口調にゾフィーはびっくりした。口調というより『クソまじめ』などという言い回しを彼が使ったことが意外だった。ジンは確かエンデュミオンより一歳上。付き合いの長さからして、くだけた喋り方をしてもおかしくはないけど……。

ジンの大きな溜息が聞こえた。

「今更そんな心配は無用でしょう。さんざん痛いところを見られてるんだし」

「だから余計にイヤなんじゃないか！」

噛みつくように言い返す声にゾフィーは眉をひそめた。なんだかエンデュミオン様じゃないみたい。確かに声は彼のものだけど——。

ハッと閃《ひらめ》いてゾフィーは青ざめた。

（もしかして！　喋っているのはサリエルかも⁉）

だとしたら、ジンは何故平然と受け答えしているのか。

（——あ、そういえば）

先月メルドゥヴァンの屋敷で、サリエルが夜中にバルコニーに忍んで来たことがあった。あれは夢だと自分に言い聞かせていたが、どうやら現実に起こった出来事らしい。確かあのときサリエルはジンの手を借りてバルコニーを登り降りしていた。ということは……。

（ジンはサリエルの存在を知ってる……⁉）

一番身近な人物で、付き合いも長いのだから当然かもしれない。だとしても『悪魔』と平然と会話するなんて信じがたい。ジンは聖職者ではないが、高位聖職者の護衛役を務める者は篤《あつ》い信仰心が求められ、複数の聖職者からそれを保証されなければ採用されないと聞いている。

（まさか、悪魔《サリエル》に懐柔された……!?）

なんてこと。よりにもよって誰より信頼している護衛官が悪魔の手下だったなんて！　まさか本当にサリエルがそれほど力のある悪魔だとは思っていなかった。

（解決すべき問題が増えてしまったわ）

どっちにしろサリエルが出ている状況ではどうしようもない。諦めて出直そうとすると、しばし途絶えていた声がふたたび聞こえてきた。

「エンデュミオン様。やはり、ゾフィー様を信頼してすべてを打ち明けるべきだと思います」

（――――エンデュミオン様？　今、ジンは『エンデュミオン様』って呼んだ？）

「いや、しかし……」

（――――そのまま受けてるし!?）

サリエルはエンデュミオンと呼ばれると『俺はサリエルだ』と必ず訂正するのに。

「ゾフィー様に嫌われたくないというお気持ちは理解できますが……、黙っていたっていずれはわかってしまうことですよ？　サリエルがあなたのお芝居だということは……」

――――なんですって？

扉に耳を押し当てたまま、ゾフィーは呆気に取られた。

サリエルがエンデュミオン《エンデュミオン》のお芝居？

悪魔《サリエル》が聖公爵《エンデュミオン》のお芝居??

（……お芝居ですって…………!?）

頭に血が上り、後先考えずにバーンと扉を押し開ける。

「……!?」

護衛官としての反射で、ジンが腰に吊った剣の柄《つか》を握りながらエンデュミオンを背後に庇う。そこに憤怒の形相で突っ立っているのがゾフィーと知って彼はあんぐりと口を開けた。

「ゾ、ゾフィー……!?」

ジンの後ろ、座っていたソファの腕を掴んで身を乗り出したエンデュミオンが、かすれ声を洩らす。ゾフィーは眦を吊り上げて彼を睨み付けた。

「お芝居ってどういうこと!? あなたサリエルなの!? 最初からサリエルだったの!?」

糾弾されてエンデュミオンの顔が青ざめる。答えずともそれだけで明らかだった。ジンの言ったことは事実なのだ。

目の奥が燃えるように熱くなる。ゾフィーは震える唇をぎゅっと噛んだ。

「……ひどいわ」

言いたいことは山ほどあるのに、いや、山ほどありすぎて、それしか言葉が出てこない。ゾフィーはくるりと踵を返した。

「ゾフィー！」

慌てた声を撥ねつけて無我夢中で駆け出したが、第二の控えの間と第一の控えの間とのあいだで捕まってしまった。

「離してっ」

懇願するエンデュミオン――いや、サリエルだ――を力任せに振り払う。だが、すぐにまた両方の二の腕をがしっと掴まれた。

「ゾフィー、話を聞いてくれ」

「わたしを騙《だま》したのね⁉」

「騙すつもりはなかった」

「騙したじゃないのっ」

叫ばれて彼は怯んだが、手は離さない。切羽詰まった顔つきでゾフィーの瞳を覗き込む。

「頼む、ゾフィー。話を聞いてくれないか」

「ゾフィー様、どうかお願いします」

歩み寄ったジンにも真剣な表情で懇願され、ゾフィーは彼のことも睨み付けた。

「あなたが共犯だったなんて思わなかったわ！」

「共犯は不本意ですが……。ともかく話を聞いてあげてください。私はこちらに控えておりますので、おふたりでじっくりと」

そう言って彼は第一の控えの間に入ると扉を閉めてしまった。

（要するに見張っているってことじゃないの！）

ここから出るにはジンを突破しなければならないのだから閉じ込められたも同然だ。とんでもない『悪魔』と一緒に。

「……手、放して」

むっつり呟くとエンデュミオンは慌てて手を離した。

「その……、立ち話もなんだな。座って話さないか……？」

気まずそうに目を泳がせながら提案され、ゾフィーは腰に手を当てて彼を睨んだ。

「全部話すと約束するならね！」

「わかった。こうなったからには腹を括る」

彼はまっすぐにゾフィーを見て頷いた。

居間に戻り、示された長椅子の真ん中に座る。彼はキャビネットに向かいながら尋ねた。

「何か飲むか？　シェリーでも」

「けっこうよ」

「俺は飲む」

彼はグラスに注いだシェリー酒をぐっと呷《あお》った。はぁ、と溜息をつき、額に乱れかかる髪を掻き上げる。さらにぐしゃぐしゃと掻き回し、もうひとつ溜息をつくと彼は一人掛けのソファにぐったりと沈み込んだ。

いくらか落ち着きを取り戻したゾフィーはその様子を注意深く見守った。彼は空《から》のグラスをぼんやりともてあそんでいる。いつまでたっても話を始めようとしないので、イラッとしたゾフィーはつんけんと尋ねた。

「訊きたいんだけど」

「うん……？」

ぼんやりと彼は視線を向けた。

「あなた、サリエルなの？」

「……ああ」

「でも、エンデュミオン様でもある。取り憑いてるとか、そういう意味ではなく」

彼はものすごく気まずそうにためらっていたが、結局こくりと頷いた。しばし彼を睨んでいたゾフィーは、憮然と吐息を洩らした。そんなゾフィーを彼はびくびくと窺っている。

「どうしてそのようなことをなさったのですか、エンデュミオン様」

一呼吸してゾフィーは口調を改めた。ついサリエルのつもりで対等な口のきき方をしてしまったが、エンデュミオンが意識的にサリエルを演じているのなら、聖公爵たる彼に敬意を払わねばならない。あまりの腹立たしさに冷たい口調になってしまうのは致し方あるまい。

彼は目を瞬き、居心地悪そうにゾフィーを眺めた。口を開きかけては閉じ、唇を噛んだり舐めたりと、さっぱり落ち着かない。ゾフィーは口許をひくりと引き攣らせた。

「……まさか、単なる悪ふざけ……とか言いませんよね？」

「違う！」

彼はムッとした顔でゾフィーを睨んだ。すぐに後悔したように眉を垂れたが、言い返したことでいくらか気を取り直したらしい。座り直すと生真面目な顔でじっとゾフィーを凝視《みつ》めた。

「確かにサリエルは本物の悪魔ではない。しかし、ジンが言ったように私がサリエルを演じていた……というのとも少し違う。実際はむしろ逆だ」

「逆？」

「サリエルがエンデュミオンを演じていたんだよ。人々が聖公子に抱くイメージに合わせてね。実際の私はそれとは真逆だったから」

ゾフィーは混乱して彼を見た。

「え……、それってエンデュミオン様が実はサリエルで……、周囲が期待するような完全無欠の聖公子様を演じていた……ってこと……!?」

自分で言いながらますます混乱したが、エンデュミオンはまじめな顔で頷いた。

「そのとおりだ。それは想像以上にうまく行った。両親をふくめて誰もが満足した。人々の尊崇《そんすう》を集めるに足る、完璧な聖公子様の誕生さ」

いつでも穏やかな微笑を浮かべ、拗ねたり癇癪を起こしたりといった子どもじみたまねはけっしてしない。偏頭痛持ちの気難しい父に代わって人前に出て、そつなく聖務をこなす。誰にでも優しく接し、受け答えは利発で怜悧《れいり》。誰からも好かれる天使のような少年——。

周囲から押し付けられる幻想を体現すべく、必死に彼は演じていたのか。心の奥底に本来の自然な自分を押し込めて。

「本当の俺など誰も必要としない。むしろ忌むべき存在だ。それこそ悪魔のように」

「！　そんなことっ……」

「おまえだって、完璧なエンデュミオンを現人神《あらひとがみ》のように崇《あが》め奉《たてまつ》っていたじゃないか」

揶揄されて、ぐっと詰まる。彼は投げやりな冷笑を浮かべた。

「残念だったな。おまえが崇拝するエンデュミオンは最初からただの幻影だったのさ。どこにもいない、思い込みの産物――。他の奴らも同様だ。騙されていることも知らないで、ありがたがって……。ハッ、馬鹿どもめ」

「で、でも、病気が治ったという人が大勢いるわ……！　だからみんな、エンデュミオン様には特別な力があるんだって……」

懸命に言いつのると彼はますます冷笑を深めた。

「自分で自分を治しただけさ。信じ込むことでもともと備わっている自然治癒力が大幅に上がったんだ。俺はただ奴らが喜ぶようなことを言って笑いかけただけ。特別な癒しの力なんて俺にはないんだからな」

「あなたに笑いかけられて、親身な言葉をかけられれば、みんなすごく喜ぶじゃない！　嬉しくて、安心したの。あなたには特別な力があると信じたからこそ治ったのよ。だったらそれもあなたの力――いいえ、それこそがあなたの力なんじゃないの⁉」

エンデュミオンはたじろいだように目を瞠り、顔をゆがめた。

「だったら俺は一生聖者を演じなければならないってことだな。人々の期待に応えるために。そうでなければ俺に存在価値などないんだから」

「……それでサリエルが外に出てきたの……？」

押し込められた本来の姿は極限までゆがめられ、『悪魔』となって強固な自制心の殻をも突き破ったのだ。それはつまり無理が限界に達したということ。

『偽善者どもめ！』

幾度となく地団駄を踏みながら叫んだ小さな悪魔《サリエル》。あれは本当の彼《エンデュミオン》の心の叫びだったのだ。

「でも……。だったらどうして、あのとき――十一年前のあの日、サリエルは消えたの？　何も解決してはいなかったのに」

眉根を寄せるゾフィーに、彼はふっと笑った。

「四つ葉のクローバーを、もらったからな……」

しみじみした声音にゾフィーは顔を赤らめた。

「あげられなかったわ。崖から落ちたときにちぎれてしまった」

「それでも見つけてくれただろう？　四つ葉のクローバーが欲しいとせがんだ悪魔《サリエル》のために必死に探してくれた。まやかしの聖者ではなく、誰にも必要とされない俺のために……。懸命に探し回り、崖から落ちてもけっして手放そうとしなかった。サリエルにあげるんだと、必死に握りしめていた。そんなゾフィーを見ていたら……、何か吹っ切れたんだ。こんな、どうしようもない俺のために、必死になってくれる女の子がいる……。もうそれだけでいいと思った。ゾフィーさえ悪魔《サリエル》の存在を認めてくれるなら、周囲が望むとおりの聖者《エンデュミオン》を一生演じ続けてもかまわない、と……」

ゾフィーは絶句して彼を凝視《みつ》めた。だんだんと頬が熱くなる。

「メルドゥヴァンの屋敷を去るとき、俺は先生に本当のことを打ち明けたうえで頼んだ。将来ゾフィーと結婚させてほしいと」

「えぇっ……⁉」

「ゾフィーの気持ち次第だと言われたよ。真相を打ち明けるべきだとも。まずは両親とよく話し合うことを勧められた。だから本当のことは言わずに去った。いや、恥ずかしくて打ち明けられなかった……というべきだな。ゾフィーにはさんざん馬鹿な自分を晒《さら》したから、どうにも照れくさくてね」

彼は呟いて端整な顔をかすかに赤らめた。ゾフィーもつられたように赤くなる。

「べ、別に、馬鹿とは思わなかったわ……」

「照れくさい以上に怖かったんだ。本当のことを知ったらゾフィーが怒って、嫌われてしまうんじゃないかと……。ゾフィーは神々しくてお綺麗なエンデュミオンが好きだったろう？　だったらゾフィーが喜ぶようなエンデュミオンを一生演じてもいいと思った。ただ、ときどき悪魔《サリエル》になった俺に、遠慮なくぽんぽんものを言って、相手してくれたら。それでたぶん、やっていけるんじゃないかと」

「――だから『エンデュミオンと結婚しろ』、と？」

「ああ」

「馬鹿！」

憤然と立ち上がったゾフィーに怒鳴りつけられてエンデュミオンがぽかんとなる。

「やっぱりあなた、どうしようもないお馬鹿さんだわ。それともわたしを馬鹿にしてるの⁉」

「そんなわけないだろう」

焦って立ち上がったエンデュミオンはゾフィーの手を取って大まじめに告げた。

「ゾフィーは俺の、最高の空気なんだ」

「やっぱり馬鹿にしてるわね……!?」

「違う！　そうじゃない。ゾフィーがいないと息が詰まって死にそうなんだ。ゾフィーが側にいてくれれば楽に息ができる。安心していられる」

ぎゅっと抱きしめられて鼓動が跳ね上がる。エンデュミオンは深い溜息をついて呟いた。

「ああ、やっぱりいい匂いだ。太陽と風と野の花の香り……。清々《すがすが》しくて、ホッとする」

「……別に香水とか、つけてないけど」

「そういう匂いじゃない。いや、匂いではないのかもしれないな。ただ、こうしてぎゅっとすると、いつもそんなイメージが頭に浮かぶ。スッと心が解放されて、楽になる」

愛おしそうに背を撫でられ、ゾフィーは顔を赤らめた。

「そ、それで楽になるなら、いいわよ別に……ぎゅっとしても……」

「一生ぎゅっとしてたい」

衒いのない声で囁かれ、ますます頬が熱くなる。何か、物凄い告白をされてる気がした。

「だったらわたしの前では変に取り繕ったりしないで」

「……いいのか？　ゾフィーが好きなのは優しくて礼儀正しくて、神々しく輝くような聖人君子のエンデュミオンなんだろう？」

「そ、それは、その……」

ゾフィーは焦って口ごもった。

「そういうエンデュミオン様は、好き……というより憧れっていうか……。目に見える神様というか……」

うろたえながら呟いて、ああそうかとふいにストンと胸に落ちた。

ずっと『エンデュミオン様』が好きだった。思慕していた。敬愛していた。だけどそれは、恋愛感情ではなかったのだ。

妹に、エンデュミオンと結婚すればいいと言われて。何を馬鹿なと笑い飛ばしながら『結婚』という言葉に引きずられ、そういう意味で彼が好きなのかもしれないと考え始めてしまった。

でもやっぱり違っていた。心の奥底ではそのことにとっくに気付いていて、だからエンデュミオンに求婚されたとき嬉しいと同時にひどくもやもやしたのだ。

だけど。こうして素をあらわにした彼に抱きしめられれば、すごくドキドキするけれど、もやもやは感じない。ゾフィーは彼の肩にそっと手を置いた。

「そういうエンデュミオン様は……みんなと一緒に見られればいいわ。やっぱりわたし、『エンデュミオン様』とは結婚できない」

エンデュミオンが愕然となるのを見て、ゾフィーは苦笑した。

「神様みたいな聖人君子と結婚するなんて無理よ。だってわたし、ただの人間なんだもの。ただの人間としか生活を共にすることはできないわ」

絶望に沈んでいた蒼い瞳に、徐々に光が戻ってくる。その目を凝視《みつ》めてゾフィーは囁いた。

「だけど、自然なあなたとなら歩いていけるかもしれない。手をつないで、ときどき喧嘩もしたりしてね」

「……悪魔の俺でも？」

「あなたは悪魔じゃないわ。善いところも悪いところもある、ごくふつうの人間よ」

「ふつうの人間でいてもいいのか……？」

「いてくれないと困るわ。むしろ、ただの人でいてほしい。そうすれば、神様を独り占めしているみたいな罪悪感を抱かずに済むもの」

冗談めかすとエンデュミオンは泣き笑いのような表情になって、ぎゅっとゾフィーを抱きしめた。

「……わたし、やっぱりあなたには特別なものがあると思う。それが力なのか才能なのか、よくわからないけど……。目には見えない輝きを感じるの。雲を透かす太陽みたいに。それを否定しないでほしい。だけど、必要とされるのはそれだけだなんて決めつけないでほしいのよ。……わたし、サリエルと話すのが好きだったわ。すごく楽しかった。だからサリエルが消えてしまったとき……とても寂しかったの」

「ゾフィー……」

「あの頃はサリエルは本物の悪魔だと信じていたから、寂しいなんて思っちゃいけないって何度も自分に言い聞かせたわ」

「サリエルに、逢いたかった……?」

「――ええ。逢いたかったわ、とても」

ゾフィーは彼を見つめて微笑んだ。なんて頼りない貌《かお》をしているのかしら。今にも泣きだしそうな自信なさげな貌《かお》。だけどそれを、わたしだけに見せてくれるなら。そんな彼が、とても愛おしい。

「ずっと俺の側にいてくれるか……? ただの人間でしかない、俺の側に」

「ええ、側にいるわ。わたしの前で、ただの人間でいてくれるなら。そして、自分には人々に求められる何かがあるのだということを信じて、受け入れてくれるなら、ね」

「ゾフィーがそう言ってくれるなら、信じられる」

ホッとした彼の表情に、悪童めいたかつてのサリエルの面影がよみがえる。エンデュミオンは長身をかがめ、そっとゾフィーの唇にキスした。

「……結婚してくれる?」

「ええ、いいわ……」

もう一度、しっとりと唇が重なった。さらに、また。回を重ねるごとに、次第にくちづけは甘く、深くなってゆく。何度目かの長いキスのあと、彼はゾフィーの頬を撫でながら熱っぽい囁きを洩らした。

「ゾフィー、おまえが好きだ。ずっと好きだった。記憶をなくしてるあいだも、どこかでおまえを求め続けていた」

衒《てら》いのない言葉に瞳が潤む。上気したゾフィーの顔を食い入るように凝視《みつ》めていたエンデュミオンは、ふいに顔をゆがめて呟いた。

「……くそっ、やっぱり無理だ！」

何が？　と問い返す暇もなく、ふわりと身体が浮き上がる。ゾフィーを横抱きにすると、エンデュミオンは大股で歩きだした。

「え？　あの、どこへ……？」

答えることなく彼は左手の開け放してあった戸口をくぐり、足で無造作に扉を閉めた。室内はランプが灯っていたものの、居間よりはずっと薄暗い。

どさりと寝台の上に下ろされて身体が弾み、そこでようやくゾフィーは連れ込まれたのが彼の寝室だと気付いた。

「ちょ……、え……、エンデュミオン……さま……っ⁉」

「これ以上我慢できない。ゾフィー、今すぐ俺と結婚してくれ」

「へっ……⁉」

驚きのあまり、変な声が出てしまう。今すぐ結婚……って……。

カーッとゾフィーは赤くなった。男女の営みについては初潮が来たときに母からさらっと聞かされただけだが、目立たぬ『壁の花』だったゾフィーの耳には夜会のおり過激な内容のひそひそ話が飛び込んでくることも多かった。

誰が誰に夜這《よば》いしたとか、夫の趣味がいささか変態的で困る、あるいは淡白すぎてものたりない、等々、全部理解できたわけではないが、かなり耳年増《みみどしま》になってしまって恥ずかしい。

よってエンデュミオンの言っていることも想像はついたし、たぶん間違っていないと思う。

「あ、あの。そういうことは、結婚式を挙げてからすべき……なのでは……!?」

「いつ式を挙げられるかもわからないのに待てるわけないだろ！」

「――あ」

そうだった。悪魔問題は思わぬ解決を見たが、枢密卿会議で承認されないかぎり、結婚式どころか婚約も認められないのだ。

「だから前倒しにまず実質的に結婚して、後から式を挙げよう。ゾフィーの希望はなんでも聞くぞ？　うんと豪華な式にしような」

甘やかす声音で囁かれ、すりすりと頬擦りされてゾフィーは赤くなった。

「べ、別に、特別豪華でなくてもいいけど……。っていうか、やっぱりこういうことを前倒しにするのはどうかと思うの。聖公爵様はそんなことすべきじゃないわ」

「ただの人間の俺と結婚してくれるんじゃなかったのか？」

揚げ足を取られて口ごもる。ニヤリとした彼はもはや完全に悪魔《サリエル》の貌《かお》をしている。

（は、早まった……!?）

うまい言い訳はないものかと焦っていると、業を煮やしたようにくちづけられた。

「んッ……!?」

のしかかってくる男の肩を掴み、目一杯の抗議を込めてゆさゆさと揺さぶる。エンデュミオンは意に介さず、繰り返しゾフィーの唇を吸い上げた。

息苦しさに口許がゆるむと、待っていたとばかりに舌が滑り込んだ。唇も舌も一緒くたに吸いねぶられて眩暈がする。頭がぐるぐる回って抗うこともできなくなった。

さんざんにゾフィーの口腔《こうこう》を舐め尽くし、ようやく身を起こしたエンデュミオンは唾液で濡れた唇を一舐めして満足そうに微笑んだ。

「ゾフィーの唇は甘いな。いくら舐めても飽きない」

喘《あえ》ぎながら睨んだが、なだめるようなくちづけが降ってきただけだった。嬉しそうにチュッチュと唇をついばまれていると、なんだか妙に可愛くなってしまって顔を赤らめる。

そのうち唇へのキスが首筋に落ち、伸ばした舌で舐め上げられた。

「やっ……、くすぐったぃっ」

思わず悲鳴を上げて身を縮める。エンデュミオンは吐息で笑ってさらにねっとりと舌を這わせた。くすぐったさに加えて、あらぬ場所にずくりと疼痛《とうつう》が走る。秘めた場所がきゅぅっと収縮するような感覚にゾフィーは混乱した。

(ど、どうしてこんなところが痛くなるの……!?)

むず痒《がゆ》いような奇妙な感覚を抑え込もうと、ぎゅっと目を閉じる。すると首筋を這う舌の感触がかえって鮮明になった。ぞくぞくしながら唇を噛んでいると、いきなり胸元で刺激が湧き起こり、驚いて目を開けた。

きっちりと閉じ合わせていたガウンの合わせがいつのまにかはだけられ、薄いナイトドレスの上から乳房を掴まれている。

「ひや……⁉」

「見た目よりボリュームあるな。ゾフィーは着痩せする質《たち》か」

「し、知らないわ！　っていうか、そんなことしちゃダメっ」

「ダメと言われるとよけいにしたくなる」

「サリエルっ……、じゃなくて、エンデュミオン、さま」

「サリエルでいい」

「でも」

「サリエルというのは、エンデュミオンの隠し名なんだ」

「えっ……⁉」

隠し名というのは神の加護を願って付けられる秘密の名前だが、今でも付けているのは王族くらいだ。聖公爵家は王家に次ぐ家柄だから、隠し名をつける習慣がまだ残っているのだろう。

「隠し名を『悪魔』の名前にして、人前で堂々と名乗ってたわけ……⁉」

「隠し名だと知っているのは両親だけだったからな。……『悪魔』の名前を聞いて、両親は真っ青になってたよ。だが、そのことは誰にも言わなかった。だから『サリエル』が隠し名だと知ってるのはおまえだけだ」

囁いて彼はゾフィーにキスした。

「それに、今の俺は聖者にはふさわしくない不埒なことで頭が一杯だ」

彼はニッと笑い、胸のふくらみをわざとのようにいやらしく捏《こ》ね回した。同時に唇をふさがれ、何度も舌を吸われる。いつのまにか快感が羞恥心を凌《しの》ぎ、ゾフィーは蕩《とろ》けた瞳でうっとりとくちづけを受け入れていた。

「んっ……ん……んぅ」

くぐもった喘ぎ声と唾液の絡む水音が溶け合って、寝室が淫靡《いんび》な空気に包まれる。サリエルはナイトドレスの上から執拗に乳房を揉《も》んでいたが、やがてそれでは満足できなくなったらしく、性急に裾を捲って直に触れてきた。

熱っぽく大きな掌に直接包まれる感触に、ゾフィーはびくりと身を震わせた。ぬるま湯に浸っているような心地よさが突然熱い湯を浴びせられたかのように鮮明になる。

「やっ……、ダメ」

「ダメは逆効果だって言っただろう」

くくっとサリエルが喉を鳴らす。赤くなって睨むゾフィーの鼻の頭にちょんとキスして、ふにふにと優しく確かめるように乳房を捏ねながら彼は囁いた。

「すごくやわらかいんだな。不思議な感触だ。こうされるとどんな感じがする？」

「どうって……。へ、変な感じ……よ……」

「痛い？」

「痛くはないけど……んッ」

くりっと乳首をひねられてゾフィーは上擦った声を洩らした。

「すまん、痛かったか？」

口許を両手で押さえ、赤くなってふるふるとかぶりを振る。先端を摘まれたとたん、びりっと痺《しび》れるような感覚が腹の奥に響いたのだ。それが妙に恥ずかしい。

サリエルは子どものような無邪気さで薔薇色の突起を弄《いじ》っている。

「さっきまで花びらみたいにやわらかかったのに、摘まんだら蕾《つぼみ》のようになった。花が咲くのとは逆だな」

恥ずかしいのでいちいち口にしないでほしかったが、サリエルの触り方は壊れものを扱うように丁寧で優しい。大切にされていることが伝わって嬉しくなり、ゾフィーは彼の広い肩をそっと撫でた。

着痩せする質なのはサリエルも同様で、すらりと典雅な立ち姿からすると意外なほど筋肉質な体つきだ。ふだんゆったりしたダルマティカ姿が多いので気付かなかったが、引き締まった体躯《たいく》からは日常的に鍛錬を積み重ねていることが実感される。

抱き寄せられるたびに胸板の広さを実感したように、細身ではあってもしっかりと筋肉が付いている。

サリエルは一旦手を離して身を起こすと、ナイトシャツを脱ぎ捨てて裸身をあらわにした。実際に目にすると、均整の取れた体つきは惚れ惚れするほど美しかった。色白のせいか、名工の手になる大理石の彫像みたいだ。

広い胸板にぽつりと咲いた薄紅色の小花が妙にエロティックでドキドキしてしまう。頬を染めるゾフィーを悠然と見下ろして彼は微笑んだ。彼の手で夜着を脱がされながら、ゾフィーはすごく恥ずかしかった。

自分の身体が急にみすぼらしいものに思えてくる。思ったより胸が大きいと言われても、予想よりは大きかったというだけで、妹のエミリアほどではない。腰回りが細くてお尻も小さく、あまり魅力的な体つきとは言えないことは自分でもよくわかっていた。

しげしげと裸体を見られるのが恥ずかしく、ゾフィーは胸と恥部を手で覆った。

「そんなに見ないで」

「見たい。隠さずちゃんと見せろ」

サリエルは軽く喉を鳴らし、急いた様子でゾフィーの手を取った。手首を掴んでリネンに押し付けられれば剥き出しの身体は余すところなく男の目に晒されてしまう。

食い入るように凝視《みつ》めながらサリエルは囁いた。

「……綺麗だ」

かぁっと頬が熱くなる。思わずきつく目を閉じると、濡れた睫毛にそっとキスされた。こわごわ目を開けると、サリエルは優しく微笑んでいた。

「すごく綺麗だよ、ゾフィー」

「……本当？」

「本当さ。この世で一番、ゾフィーが綺麗で可愛い」

そこまで言われると、さすがに贔屓目《ひいきめ》が過ぎるが……。彼にとって一番であるなら幸せだ。

サリエルの頬に手を伸ばすと彼は上体を倒して唇を重ねた。やわらかくて張りのある唇の感触にうっとりしながら互いの口腔を探り合う。大きな掌で乳房を包まれ、やわやわと捏ね回される心地よさで、次第に酩酊《めいてい》したような気分になる。

彼はゾフィーの平らな腹部をくるりと撫で、やわらかな胡桃色の下生えを探った。びくっと身を縮めると、耳元で囁かれる。

「脚、開いて」

顔を赤らめながらぎこちなく従うと、するりと彼の指が秘めた谷間に入り込んだ。ぞわりと産毛が逆立つような感覚に、反射的にぎゅっと腿《もも》を閉じ合わせる。彼はなだめるようにゾフィーにくちづけた。

「ゾフィーに触れたい。誰もまだ触れたことのない、深いところに」

甘くねだられ、ゾフィーはうっすらと涙ぐみながら力を抜いた。

「……蜜が出てきてる。気持ちいい？」

「よく……わからないの……。その……なんだかズキズキして……」

「痛いのか？　できるだけそっと撫でてるつもりなんだが……」

「ん……。サリエルのせいじゃないと思う……」

涙目でふるふるとかぶりを振る。彼の触り方はとても優しいのに、触れられるとお腹の奥のほうが疼いて、ちいさな肉芽の付け根が締めつけられるように痛むのだ。

「痛むのはどこだい？」

尋ねながらサリエルは狭い谷間で少しずつ指を動かした。指先が敏感な突起に触れると同時に、ずくんと腹の奥が疼く。

「ひッ……」

思わぬ衝撃に悲鳴を上げ、身体を縮める。サリエルはゾフィーの目許にキスしながらそろそろと花芯を撫でた。

「ああ、可愛いな。ぷっくりと腫れてる。感じてるんだな、ゾフィー」

愛おしげにさすられると、じっとしていられなくて腰が揺れてしまう。優しく上下に撫でさすられているうちに、刺すような痛みは次第にやわらぎ、変わってなんとも言い難い感覚が沸き起こった。

「ん……、ん……」

鼻にかかった溜息を洩らしながら、ゾフィーは赤くなってもじもじと腰を揺らした。いつのまにかどこからともなく沁《し》み出した蜜で、秘めた谷間はしとどに濡れていた。サリエルが指を動かすたびにくちゅくちゅと猥《みだ》りがましい水音がする。彼の指が茂みの奥を出入りする様を、ゾフィーはおずおずと凝視《みつ》めた。

すごく淫《みだ》らなことをしている……。そう思うとますます腰の奥が疼いて、とろとろと蜜があふれた。

「気持ちいい？」

かすれた声で問われ、ゾフィーはこくりと頷いた。先ほどまでの締めつけるような痛みは甘い疼きに取って代わられ、淫らな腰の揺れが止まらない。我慢しようとしても彼の指の動きに合わせて前後に揺れてしまい、とてもじっとしていられないのだ。

口許を押さえていた手もいつしかくたりとリネンの上に落ち、艶と赤みを増した唇を半開きにして力なく喘ぐ。

やがてお腹の奥が引き攣るようにきゅうきゅうと収縮し、ゾフィーは初めての絶頂に達した。ひくひくと戦慄《わなな》く柔襞を、サリエルはゆっくりと撫でさすった。未だ収縮を繰り返す蜜孔の入り口を慎重に探り、つぷりと指先を差し入れる。蜜に濡れた指が隘路《あいろ》を割り広げる感覚にゾフィーは肩をすぼめた。

ぐっと押し込まれると指の関節の固い感触が伝わり、思わず息を詰める。

「すまん。痛かったか」

即座に詫びられてふるりとかぶりを振る。少し痛かったが、がまんできないほどではない。

「ゆっくり慣らそう。痛かったら言うんだぞ?」

頷いて、できるだけ身体の力を抜いた。

慎重に差し込まれた指が、蜜のぬめりをまとって隘路をくぐり抜ける。最初は違和感が強くてガチガチに緊張していたが、ゆっくりと抜き差しされるうちに内奥が疼くような快感を覚え始めた。

「あ……」

熱い吐息が唇を突く。

「気持ちいい？」

頬を染めながらこくりと頷くと、サリエルは嬉しそうにゾフィーにくちづけた。

「ゾフィーを、うんと気持ちよくしてやりたい」

「気持ちいいわ……」

くちゅくちゅと次第に高くなる水音に昂奮が高まる。抽挿しながら媚蕾を弄られると鋭い快感が走り抜け、ゾフィーは喘ぎながら背をしならせた。

「やっぱり此処《ここ》が感じる？」

充血した花芽を愛撫《あいぶ》しながら問われ、ゾフィーはがくがくと頷いた。サリエルは蜜孔から指を引き抜くと肉粒を挟むようにして少し強めに擦った。

「ひッ……！」

とたんに鋭い快感が脳天を突き抜け、ゾフィーは悲鳴を上げて顎を反らした。

「……すごいな、真っ赤に充血してる。美味しそうだ」

声に昂奮をにじませて囁いたサリエルが身をかがめ、震える花芽をれろりと舐める。快感を凌ぐ驚愕《きょうがく》で、ゾフィーは慌てて上体を起こした。

「や！　だめ、そんなことしちゃ……、んく」

じゅうっと強く吸われると、お腹の奥がよじれるような感覚が込み上げる。慌ててゾフィーは口許を強く押さえ、裏返った悲鳴をこらえた。

「悦《よ》さそうだな」

上目遣いにサリエルがニヤリとする。情欲を隠そうともしないその目つきにぞくぞくした。

「そ、そこはだめ。汚いわ……」

「どこもかしこもみんなゾフィーは綺麗だよ」

衒《てら》いもなく囁いて彼は敏感な花芽をじゅるりと啜《すす》った。

「んッ」

ずくりと腹底が疼いて唇を噛む。肘から力が抜け、身体が支えられなくなってふたたびリネンに沈んだ。わざとのようにぺちゃぺちゃと音を響かせて媚珠を吸いしゃぶられる。ゾフィーはたちまち追い詰められ、またもや快感を極めてしまった。

執拗に淫芽を舐め転がしながら潤んだ蜜孔を指で掻き回されると、もはや声を抑えることはできなかった。すすり泣くように喘ぎながらゾフィーは腰をくねらせ、快感に翻弄された。

いつのまにか隘路を犯す指は二本に増え、たっぷりと蜜で濡れた媚壁を掻き回している。指が前後するたびに蜜飛沫が飛び散り、羞恥と快感とでゾフィーはなすすべもなく身悶《みもだ》えた。

「……ゾフィーはすごく感じやすいんだな。可愛い」

昂奮のにじむ囁き声にますます感じ入り、恥ずかしさに顔をそむける。最初は指一本でもすごくきつく感じたのに、愛撫で蕩けた襞は男の指をくるんで柔軟に蠢《うごめ》いている。

「これならもう挿入《はい》りそうだな」

サリエルはひくひくと戦慄き続ける蜜孔から指を引き抜き、立てさせた膝を大きく割り広げた。くぱりと口を開いた淫唇に、固いものが押し当てられる。力なく頭をもたげたゾフィーは、ギョッとして目を見開いた。

黒い下生えのなかから肉色の角がそそり立っている。他の部分よりも赤黒く、先端がひとまわり太くなって淫靡に露を滴らせていた。

「な……何それ……!?」

青ざめるゾフィーに、あっけらかんとサリエルは応じた。

「男のものくらい見たことあるだろ。弟がいるんだから」

それはもちろんあるけれど、断じてそんな凶猛な面構えはしていなかった。

（ま、まさかそれを挿《い》れるつもり……!?）

愕然としているうちに押し当てられた先端がつぷりと蜜口に沈む。ハッとしたゾフィーが身構えるよりも早く、熱杭が一息に打ち込まれた。破瓜《はか》の痛みに悲鳴を上げると同時に、ずんっと奥底に先端を突き立てられていた。

「いッ……！」

「……挿入った」

衝撃に唇を噛み、涙目で固まっていると、ホッと息をついたサリエルが優しく髪を撫でた。

「すまん。痛かったか」

恨みがましく睨むと、サリエルは眉を垂れ、機嫌を取るように何度もくちづけた。

「充分ほぐしたつもりだったんだが……、やっぱり初めては痛いんだな」

確かにすごく痛かった。でも、どっちにしても痛いなら、勢いで穿《うが》たれてよかったのだろう。甘やかすようなくちづけを繰り返されると、まぁいいか……という気分になって、ゾフィーはサリエルの背中にそっと手を伸ばした。

ざらっとした感触。あのときの傷痕だ。思い出してせつなくなる。

繋がった部分はとにかくきつくて、ちょっとでも身動きしたら繊細な襞が裂けてしまいそうで怖い。

「……少し、このままでいてくれる？」

「ああ、いいとも」

彼は微笑んで優しくゾフィーを抱きしめた。ついばむようなくちづけを繰り返し、互いの唇を食《は》んでいるうちに破瓜の痛みがやわらいでくる。

まだじんわりとした疼痛は残っていたが、みっしりと張り詰めた雄茎の感触が次第に心地よく思えてきてゾフィーは顔を赤らめた。

（本当に、わたしたち繋がっているんだわ……）

愛おしそうにくちづけを繰り返す男に、おずおずとゾフィーは囁いた。

「あ、あのね、サリエル。もう、大丈夫だと思うの……。その、動いても……」

「本当か？」

気づかわしげな問いに、こくりと頷く。彼はちゅっとゾフィーの唇を吸うと身体を起こした。

優しく腿を掴んで腰を引き、先端近くまで引き抜いた太棹《ふとざお》をふたたび隘路に滑り込ませる。

最初はゆっくりだったが、ゾフィーが嫌がっていないとわかると次第に抽挿は速く、リズミカルになった。互いの肌がぶつかるたびにパンパンと淫靡な音が響き、掻きだされた淫蜜がしぶく。

しばらく抽挿を繰り返すと角度を変え、また腰を前後させる。ゾフィーの反応がよい場所を見つけると、サリエルは集中的にそこを攻め始めた。

突き入れた先端でぐりっと擦られ、抜かれるときには張り出した部分で引っかけるように刺激されて、快感が加速度的に増してゆく。抉《えぐ》るようにずんずんと腰を打ちつけながら、指先で淫芽をくりくりと転がされて、ゾフィーはむせび泣くような嬌声を上げ続けた。

「あっ、あっ、あんッ、んん……っ」

「気持ちいい？」

「いぃ……っ……！　気持ちぃ……、サリエル……っ」

問われるままに快楽を口にし、ねだるように腰を振る。

「俺もすごく悦《い》い……」

上擦った声で囁いてサリエルはさらに激しく腰を打ちつけた。彼の熱い溜息に、たまらなくぞくぞくする。白皙《はくせき》の美貌が愉悦に上気する様はひどく背徳的でもあり、匂いたつ凄艶な色香に眩暈がした。

苦痛をこらえるように眉根を寄せるサリエルの顔を、ゾフィーは恍惚《こうこつ》と凝視《みつ》めた。彼が自分と身体を繋げて、そこから快感を得ていると思うだけで満ち足りた幸福感が込み上げた。

喘ぎながら手を伸ばすと彼はリネンに両手をついて唇を重ねた。舌を絡ませながらずくずくと性急に腰を突き上げられる。

「ゾフィー……。気持ちいいよ……。ああ、もう……たまらない……」

切羽詰まった囁き声に、懸命に頷き返す。熱い吐息が絡みあい、快感の他に何も考えることができない。

ずっとゾフィーを気遣ってくれたサリエルだったが、快楽が高まるにつれてそんな余裕もなくなった。蕩けた媚壁を絶え間なく穿ち、腰を打ちつける。彼の昂《たかぶ》りはそのままゾフィーにも伝わって、肉襞がうねり、お腹の奥がきゅうきゅうと引き攣る。

「く……」

彼が歯噛みをすると同時に、解き放たれた慾望がどくどくと注ぎ込まれた。ゾフィーもまた恍惚に達し、戦慄く花弁が注がれた精を貪《むさぼ》るように呑《の》み干《ほ》した。

しばらくふたりは息を荒らげながら固く抱き合っていた。やがてサリエルは大きく息をつくと、未だ痙攣し続けている柔襞からおとなしくなった雄茎を慎重に引き抜いた。

雄蕊《おしべ》がずるりと抜け出ていく感触に、ゾフィーの身体が震える。薄紅色に染まった白濁がとろりと蜜口から滴り落ちた。

傍らに横たわったサリエルがゾフィーを抱き寄せて唇を重ねる。

「愛してる、ゾフィー」

甘い囁き声に陶然と頷き、ゾフィーは彼の胸のなかで目を閉じた。

第七章　寄ってたかってゴミに出されてしまいました。

瞼に光を感じ、ゾフィーは吐息を洩らした。やけに眩しい。自分の続き部屋《アパルトマン》は西側だから、朝日が直接射し込むことはないはずなのに……。

ぼんやりと目を開けると目の前で輝くばかりの美貌が微笑んでいてゾフィーは固まった。思考が追い付かず、頭のなかが真っ白になる。

「おはよう、ゾフィー」

にっこりと無邪気な笑みを向けられ、口許が引き攣った。

「おはよう……ございます……」

(ど……、どうしてエンデュミオン様がわたしのベッドに……!?)

パニックを起こしかけ、そこが自分の寝室ではないことにようやく気付く。同時に昨夜の記憶が洪水のように押し寄せて、ゾフィーは悲鳴を上げて飛び起きた。

「ひゃぁあっ!?」

「いい眺め」

ニヤ、とほくそ笑まれ、視線を落とすと剥き出しの乳房がふるふると揺れていた。

「きゃ――っっっ」

身体に腕を巻き付けながら金切り声で叫ぶ。肘をついて上体を起こした恰好で、エンデュミオン――いや、サリエルがニヤニヤとうそぶいた。

「今更恥ずかしがることないだろ。昨夜さんざん見たぞ。いっぱい触ったし、揉んだし――」

「やめてぇっ」

涙目でサリエルを睨むと、いきなり押し倒されて唇を塞がれた。

「んぅ⁉」

厚い胸板をバシバシ叩けどびくともしない。好き勝手にゾフィーの唇を吸いねぶっていたサリエルが、蕩けるような微笑を浮かべて囁いた。

「愛してる、ゾフィー」

衒《てら》いのない言葉に、カーッと頬が熱くなる。

（い、いきなりそれは……反則だわ……）

チュッと音を立てて唇を吸い、今度は優しくくちづけられる。くたりと全身から力が抜けてしまい、されるがままにゾフィーは顔を赤らめた。

「起きるのを待ってた。一緒に風呂に入ろう、な？」

有無を言わさず軽々と抱き上げられて浴室へ運ばれてしまう。すでに浴槽には湯が張られ、ハーブの清々しい香りが漂っていた。背後から抱え込むように膝に載せたゾフィーのうなじに、サリエルは愛おしそうに何度もくちづけた。

湯のなかで、ゆったりと肌を撫でられる感触にゾフィーは恍惚と溜息を洩らした。一度身体を繋げたくらいで素肌を晒す気恥ずかしさは消えないが、隔てるものなく寄り添っているのはとても心地よい。

包むように胸を撫でていた手が下へと伸び、ゆらゆらと揺らめく下生えのなかにもぐり込んだ。花芯の付け根をそろりと撫でられて、びくりと肩をすくめる。

「……すまん、つらい思いをさせたな。まだ痛むか？」

「も……だいじょ、ぶ……」

うつむきながら小声で応じると、耳の後ろにキスされた。耳朶を甘噛みしながらころころと媚珠を転がされて熱い吐息が洩れる。

「や……っ。サリエル、だめ……」

「感じてるくせに」

誘惑をふくんだ囁き声に、ツキンと疼痛が走る。焦って逃れようと身をよじったが、顎を捕らえられて強引に唇をふさがれた。

即座に入り込んだ舌がぬめぬめと口腔を這い回る。卑猥《ひわい》なしぐさに眩暈がして、ゾフィーは胸板深くもたれかかった。

ちゅくちゅくと音を立てて舌を吸いながら、花芯を弄っていた指が隘路に滑り込んでくる。すでに蜜をたくわえていた花筒は、抵抗なく節高な男の指を呑み込んだ。

舌を啜られると同時に濡れた媚壁を掻き回され、空いた手で乳房を揉みしだかれる。ゾフィーは瞳をとろんと潤ませ、はしたない喘ぎ声を上げながらぎこちなく腰を揺すった。感じる場所をいっぺんに攻められてはとてもこらえられない。

「んッ、んッ、んぅ……！」

　重なった唇のあわいからくぐもった吐息が洩れる。びくびくと身体を戦慄かせ、ゾフィーは絶頂に達した。柔襞の痙攣を愉しむようにゆっくりと指を抜き差ししながら、サリエルは何度も唇を吸った。

「ゾフィーは本当に感じやすいよな。可愛い」

　昂奮のにじむ声音で囁くとサリエルはゾフィーの腰を持ち上げた。浴槽の縁を掴んで四つん這いになると、腿を肩に担ぐような恰好で秘処にくちづけられる。

「あんっ」

　未だ痙攣の収まらない花びらを、れろんと大きく舐め上げられて、甲高い嬌声が上がった。

「ひぁっ、あんっ、あ……、あ……、あぁん！」

　にゅぷにゅぷと舌を出し入れされ、時折じゅっと卑猥な音を立てて蜜を啜られる。制止したいのに、唇を突くのは淫らな喘ぎ声ばかり……。

　ふたたび恍惚に達したゾフィーは、戦慄く蜜口に固いものが押し当てられるのを感じて力なく振り向いた。猛々《たけだけ》しい太棹がずぷりと打ち込まれ、腹底が燃えるように熱くなる。

「んッ……！」

　ぐちゅっ、ぐちゅっ、と蜜の泡立つ音が繋がった場所から聞こえてくる。恥ずかしさと昂奮とでゾフィーの瞳から涙がこぼれ、跳ね上がる湯にまぎれた。

「はぁっ、あん……、んっ、んん……、ぁ……、い……ぃ……ッ」

「ああ、ゾフィー……。すごい気持ちいい……」

激しく腰を打ちつけながら官能的な声音でサリエルが囁く。濡れた肌がぶつかり合うたびに、ぱんぱんと音が弾け、蜜がしぶいた。

腰を掴まれ、足が浮いた恰好で抽挿されているので、身体を支えるには浴槽の縁にしがみつくしかない。そのせいで繋がった部分をよけいに締めつけてしまっているのかもしれなかった。ぽたぽたと愉悦の涙が滴り落ちる。恥ずかしい体勢よりも、それを強いられて感じてしまっている自分がいっそう恥ずかしかった。


サリエルはゾフィーのなかに吐き出した精を指で掻きだし、丁寧に洗い流した。

「別に、できたっていいんだけどな」

寝室に戻り、ゾフィーの身体をタオルで拭いながら彼は甘く囁いた。すでに昨夜、なかに出されたまま眠ってしまったのだから、確かに今更ではある。

ぶかぶかのバスローブをまとったゾフィーを抱きしめてサリエルが飽かずくちづけを繰り返していると、寝室の扉がコツコツと鳴って細く開いた。

「おはようございます、閣下。朝食はいかがなさいますか？」

顔を出さずにジンが尋ねる。サリエル――エンデュミオンは動じることなく悠然と答えた。

「そっちで食べる。用意しておいてくれ」

「かしこまりました」

静かに扉が閉まり、ふと心配になってゾフィーは小声で尋ねた。

「朝食は枢密卿たちと一緒に公邸で摂るんじゃないの？」

「完全無欠の聖者サマだって、たまにはサボることくらいあるさ。大丈夫、ジンが適当に言い訳してくれる。頭が痛いとか気分が優れないとかなんとか」

ニヤッとした顔はサリエルそのものだ。悪事に加担しているようでドキドキしてしまう。

しばらくするとふたたびノックの音がして、用意ができたと告げられた。

バスローブ姿のまま手を引かれておそるおそる出て行くと、居間のテーブルに二人分の朝食が載っていた。給仕の姿はない。ホッとしてゾフィーは席に着いた。

ふたりだけでゆっくりと朝食を取り、サリエルは着替えて『エンデュミオン』としての体裁を整えた。いつも着替えを手伝うジンが入室を遠慮したのでゾフィーが手伝った。といっても、彼はふだんから自分のことはほとんど自分でやっているのだが。

ジンは第二の控えの間で待っていて、結局、顔を見せることはなかった。

「メイドが来るまでちょっと待ってろ。今日はゆっくり休むといい。動くとつらいだろう？」

耳元で囁かれ、赤くなって彼を睨む。あらぬところばかりかあちこち身体が痛いのは、昨夜のことよりさっきお風呂で無体を強いられたせいだと思う！

エンデュミオンを見送ってしばらくすると着替えを持ってリタがやって来た。

「おはようございます、ゾフィー様！」

異性の部屋でバスローブ姿という気まずさを吹き飛ばすように、満面の笑みで挨拶されてしまった。もはや取り繕っても無駄。観念するしかない。

ゾフィーは広げられたドレスに当惑した。

「いつもの服は？」

「あれはもう着なくてよいとの仰せです」

渡されたのは一度も袖を通したことのない、光沢のある水色のドレスだ。エンデュミオンから贈られたもののひとつだが、仕事着らしくないので遠慮していた。

「閣下が自らデザインされたゾフィー様専用のお仕着せも大変よくお似合いでしたけど、今後はもう少し華やかな恰好をされたほうがいいと思いまして」

「……あのね、リタ。その……、まだ何も、決まったわけじゃないのよ？」

というか今、さらっと凄いことを言われた気がする。自らデザイン……⁉

「そんなの時間の問題ですわ。大事なのは愛です、愛！」

リタは瞳をキラキラさせ、グッと拳を握った。何を言っても押し切られそうなので、ゾフィーはおとなしく用意されたドレスを着て自室へ戻った。

長椅子でクッションに寄り掛かり、ゾフィーは溜息をついた。脚のあいだにまだ違和感と疼痛がある。あんな固くて太いもので幾度も突き上げられたのだから当然だ。

（……本当にしちゃったのね。サリエルと……）

まさか『サリエル』がエンデュミオンの芝居だったとは。いや、サリエルが『エンデュミオン』を演じていた――と彼は言っていたっけ。

（つまり、もともとのエンデュミオン様の性格がサリエルに近かった……ってことよね？）

それが周囲からの期待と決めつけで抑圧され、本来の自分を押し殺して理想的な聖公子様を演じるうちにどんどんゆがめられ、ついに『悪魔』となって絶望の叫びを上げたのだ。

ゾフィーがサリエルの存在を認め、受け入れたことで、彼は人々の期待する聖者《エンデュミオン》を演じ続ける覚悟を決めた。果たしてそれがよかったのかどうか……。

しかし彼はゾフィーに真実を打ち明ける前に、事故によって記憶をなくした。本来の自分《サリエル》を失ってしまったのだ。空っぽになった『エンデュミオン』は伯父であるヴァイラント卿に都合よく踊らされる、操り人形と化した。

記憶をなくしているあいだ、サリエルは眠っていたと言っていたが、本当だろうか？　ジンとの遣り取りを聞いたかぎりでは、彼は巧みに裏表を使い分けていたように思える。そのあいだエンデュミオンの評判は高まる一方だったのだから、よほど抜け目なく立ち回っていたに違いない。むろんジンの協力あってこそだろうが。

（……そういえば、ジンも謎の人よね）

聖王庁の関係者はエンデュミオンに裏表があるなんて想像もしていないだろうに、ジンだけはそれを知った上でいろいろとフォローしている。まるで共犯者みたいに。

(うーん……。よくわからないことが山積みだわ)

もう一度きちんと聞いてみないと、と考えているとコツコツと扉が鳴ってリタが顔を出した。

「ゾフィー様。閣下がお呼びだそうで……お迎えが来ました」

「な、何かしら」

そわそわと腰を浮かせる。ゾフィーと結婚すると言い出して以来、エンデュミオンは枢密卿たちと激しく対立していた。特にそのことで今朝は何も言ってはいなかったが、関係を持ったことを明かして婚約を認めさせようとして揉めているのかもしれない。

「話し合いに参加してほしいとのことです。きっと、ご婚約のことですよ」

声をひそめたリタにこそっと耳打ちされてゾフィーは赤くなった。

案内係のメイドは初めて見る顔だったが気に留めなかった。エンデュミオンに仕える使用人はしょっちゅう替わる。

聖公爵の私邸である紫水晶館《アメシスト》を出て、公邸の青玉館《サファイア》に向かう。しかし案内係は公邸へは入らず、手前の角で曲がった。

「——あの。どこへ行くの？」

とまどって尋ねるとメイドは横顔を振り向けて無愛想に「こちらです」と答えた。仕方なく付いていくが、聖王庁では私邸と公邸を往復するだけで他の建物は全然わからない。ずんずん歩くメイドを追いかけるので精一杯で、ゾフィーには道順を覚える余裕などなかった。

ようやくメイドが足を止めた。

「こちらでお待ちください」

背後でばたんと扉が閉まる。丸天井のついた小さな居間で、壁に窓がない代わりに天窓があった。装飾は白と薄い黄色がメインで何脚かの椅子や長椅子、テーブルが置かれている。花などはなく、古そうな風景画がいくつか壁に掛かっていた。あまり使われていない部屋のようだ。

適当な椅子に腰を下ろしてしばらく待つ。辺りはしーんと静まり返って、人の気配が全然しない。どうにも落ち着かず、ゾフィーは入ってきた戸口の反対側にあるもうひとつの扉に歩み寄った。扉板に耳を当てても何も聞こえない。そっとノブを押してみたが、向こう側から閂《かんぬき》がかかっているようで開かなかった。

ここで待てというからには近くで話し合いが行われているはずだが、それらしき気配がまったくない。不審を感じ、いったん外に出てみようと引き返してゾフィーはびっくりした。入ってきた扉が開かないのだ。

「え⁉　どういうこと⁉」

ゾフィーは焦り、ガチャガチャとノブを上下させて押したり引いたりした。いつのまにか鍵がかけられている。鍵穴から覗いても廊下に人の姿はない。

「ちょっと、誰かいないの？　開けて！」

叫んでも応答はおろか人が来る気配もなかった。先ほどのメイドはゾフィーを部屋に放り込むと、さっさと立ち去ってしまったのだ。

「また……⁉」

ゾフィーは扉にもたれて溜息をついた。今更だが、自分は聖王庁で歓迎されていないのだとつくづく実感する。

「……ずっと、守られていたのよね」

エンデュミオンに大切にされていたのはもちろん、護衛官のジンはいつでも礼儀正しく親切だったし、専属メイドのリタは親身に世話してくれた。そのような人物を、エンデュミオンが慎重に選んでくれたのだ。

ゾフィーが聖王の幼なじみで、研修がてらに話し相手をしているという建前だったから、そのおかげで今までたいしたイジメを受けずに済んだ。

（これからはそうはいかない——ってことか……）

エンデュミオンはゾフィーを配偶者にすると、枢密会議で公言してしまった。

はぁ、と溜息をついたゾフィーは、もたれた扉越しに隣室に人が入ってくる気配を感じて背をこわばらせた。耳を澄ますと足音と衣擦《きぬず》れの音が聞こえてくる。ひとりではなく複数だ。ひそめた話し声からして女性らしい。

扉を開けようとする気配が伝わってきて、ゾフィーは慌てて離れた。距離を取って凝視《みつ》めていると、閂が外れる音がして扉が開いた。現れたのは取り巻きを引き連れ、いかにも値が張りそうなドレスに身を包んだ若い令嬢だった。

「——あら」

立っているゾフィーを見て、令嬢は不快そうに柳眉をひそめた。丁寧に鏝《こて》で巻いた金髪を肩に垂らし、高価な真珠を散りばめた櫛《くし》を挿している。薔薇色のシフォンのドレスはそのまま園遊会に出て行けそうだ。

　聖王庁勤めでも役職が高い人物はお仕着せを着用しないので、彼女が職員なのか訪問者なのか、にわかに判別がつかない。

　年頃はゾフィーより少し下、十七か十八といったところか。華やかな美人だが、やや険のある顔立ちは高慢そうな性格を窺わせる。彼女の背後には同じような年頃の令嬢たちが群《むら》がり、敵意のこもった視線をゾフィーに注いでいた。

「あなた、クリーゼル枢密卿の娘だそうね？」

　薔薇色ドレスの令嬢がいきなり権高《けんだか》に尋ね、ゾフィーは用心深く頷いた。

「はい、ゾフィー・クリーゼルです。どちら様でしょう？」

「まぁ、ご存じないの⁉」

「失敬な方ねぇ！」

「しょせん田舎者よ！」

　令嬢が答える前に、取り巻きたちが雀《すずめ》のように囀《さえず》りだす。令嬢は得意げに顎を反らし、手にした扇をパチンと閉じた。

　ぴたりと囀りが止む。気の強い妹《エミリア》がこの場にいたら、『まぁ、よく躾けられていますこと』と皮肉ったことだろう。ゾフィーは厭味《いやみ》を口にする性分ではないので黙って令嬢を見返した。

　嘲られてもゾフィーが顔色ひとつ変えないことに、令嬢はムッとしたようだ。引き攣る口許をぐいとねじ曲げるようにして笑みを浮かべた。

「わたくしはクリスティーナ。クリスティーナ・ヴァイラントですわ。お見知り置きを」

「ヴァイラント枢密卿のお嬢さんでしたか」

「ええ、そう。そして聖公爵エンデュミオン様の婚約者でもありますの」

扇を口許に当て、勝ち誇った笑みを浮かべるクリスティーナを、ゾフィーはぽかんと見返した。取り巻き雀たちが一斉にクスクスと笑いだす。まさか、そう来るとは思わなかった。

「──エンデュミオン様の、婚約者？」

「聞こえませんでした？　ごめんなさいねぇ。嫁《い》き遅れてすっかりお耳が遠くなったのね」

「なんて惨めな！」

「よく人前に出られるわね！」

「恥じらいすらなくしてしまったのよ！」

女王様の歓心を買おうと懸命に囀る雀たちが、なんだか痛々しい。

「ええ、わたくし『エンデュミオン様の婚約者』ですの」

取り巻き雀の囀りにうんうんと頷いていたクリスティーナが、誇らしげに胸を張って強調した。ゾフィーは目をぱちくりさせ、しげしげと令嬢を観察した。

「……失礼ですけど、何か勘違いしていらっしゃるのでは？」

「勘違いしてるのはあなたでしょう！」

令嬢はキッと眉を吊り上げてゾフィーに指を突きつけた。

「幼なじみだかなんだか知らないけど、僻地に左遷された司教の娘ごときの分際で、聖公爵の伴侶になれると思ったら大間違いですわ！　聖公爵夫人にふさわしいのは王族、もしくは貴族出身の枢密卿の娘と相場が決まっているのよ」

「わたしの両親はどちらも伯爵家の出身だし、父は現役の枢密卿です」

冷静に返すとクリスティーナはますます眉を逆立てた。

「わたくしの父は王族の出身で枢密卿の筆頭！　母は侯爵令嬢よ」

王族といっても継承権を持たない妾腹でしょうが、と言い返したくなったが、そこは品位を保ってぐっとこらえる。

「エンデュミオン様はわたしと結婚すると仰いました」

「年増《としま》にたぶらかされているだけよ」

わたしが年増ならあなたは小娘ね、と心のなかで呟く。

「どうしても結婚してほしいと懇願されたので、お受けしたまでですわ」

「何その言いぐさ!?　何様だと思ってるの」

単に、麗しく完璧なる聖者様の、黒くて情けない裏面を知っているだけです。

でもその情けない裏面は、誰にも知られてはならないし、知られたくない。

神々しく輝かしい聖者様《エンデュミオン》はみんなのものだけど、無邪気な悪童がそのまま大きくなったような彼自身《サリエル》は、わたしだけのものだから。

「あなたでは、エンデュミオン様を支えることはできないと思います」

きっぱり言うと、クリスティーナは呆気に取られ、キリキリと眉を吊り上げた。

「――そう。身を引くつもりはないというわけね」

紅を塗った口許を不穏に引き攣らせてクリスティーナは乾いた笑い声を上げた。一旦広げた扇をぱちりと閉じ、傲然と顎を反らせる。

「馬鹿な女。おとなしく引き下がれば見逃してあげたのに。そんな強情を張るから、どこにも嫁に行けない身体になってしまうんだわ」

危機を直感して身を翻したものの、取り巻きの令嬢たちにあっというまに囲まれてしまった。長椅子に突き倒され、寄ってたかって押さえ込まれる。非力な娘たちといえども、複数に本気で掴みかかられては身動き取れない。

「ちょ……、何するの⁉」

クリスティーナは冷笑を浮かべ、取り巻きのひとりが差し出した透明なガラスのボトルを掴んだ。ラベルからしてお酒らしいがワインではない。

「お近づきのしるしに、とっておきのお酒をふるまってさしあげますわ。と一っても高級なお酒なのよ。ものすごく強いけど」

「やめ……っ」

取り巻きが顎を掴んで無理やり口を開かせる。そこへ、クリスティーナはボトルから直接酒を注ぎ込んだ。噎せて吐き出してもかまわずに注ぎ続ける。口を閉じられないので、反射的に飲み下してしまった。

「ぐ……、ごほっ」

必死にもがいたが、ボトルが空になるまでクリスティーナは薄笑いを浮かべながら無情に酒を注ぎ続けた。ほとんどは吐き出したが、飲んでしまったぶんだけで酔うには充分だった。食道と胃が焼けるように熱く、頭がクラクラして手足に力が入らなくなる。

ワインの二、三杯くらいは平気でも、こんな火酒を無理やり注ぎ込まれてはたちまち酔いが回ってしまう。逃げなくては、という意識は残っていたが、身体が言うことをきかない。

令嬢たちに肩を担がれ、ゾフィーは人気のない通路を何処《いずこ》ともなく引きずられていった。

頭がぐるぐると回って抵抗できないまま、ゾフィーは別の誰かに引き渡された。数度にわたって同じことが繰り返されたが、ぐでんぐでんに酔わされてしまい、人の顔もそのとき交わされた会話も覚えていられない。

ついにはどこかの建物の裏口から外に出され、待ち構えていた荷馬車に乗せられた。周囲には木樽《だる》や麻袋など、雑多なものが詰め込まれている。ぐったりしたゾフィーはその隙間に押し込まれ、上からボロ布を何枚も掛けられた。

それは聖王庁に雑貨を納入したり、ごみを引き取ったりする業者の馬車だった。意識が朦朧としているゾフィーにはわからなかったが、人相も風体もよろしくない二人組の男は聖王庁の敷地を出ると、馬車を操りながらさっそくいかがわしい相談を始めた。

「どっか場末にうっちゃってこいって話だが、ただ捨てたんじゃもったいねぇよな」

「せっかくだ、娼館に売り飛ばそうぜ。まだ若い素人娘だし、いい儲《もう》けになるぞ」

「売るんなら処女のほうが高値が付くな」

「処女なのか？」

「確かめてみよう。違ったら俺たちで愉しんで、それから売り飛ばせばいい」

などと、ゾフィーが正気だったらとても聞いていられない卑劣な会話を交わしていた男たちだったが、後方から何か怒鳴る声が聞こえてきて急に焦り始めた。

「その馬車、止まれ！　止まれーっ」

なんとなく聞き覚えのある怒声が次第に近づいてくる。酩酊した頭を必死に起こそうとしたが、酔いと振動とでバランスが取れない。

「やべぇぞ、おい」

男たちは慌てて滅多やたらと馬を急《せ》かし始めたものの、疲れ果てた痩せ馬はいくら鞭を当てても速度がなかなか上がらない。老いぼれている上に空《す》きっ腹《ぱら》だった気の毒な馬は、目を血走らせ、泡を吹いて懸命に走るうちについに限界を超えてしまった。

脚がもつれ、もんどりうってどうっと地面に倒れた勢いで荷馬車が横倒しになる。車輪が外れ、がらがらと転がった。ちょうど堤防沿いを走っていたため、荷馬車は草地の斜面を飛び出し、勢いよくバウンドしながら滑り落ちていった。

斜めになった荷台から木樽が次々に転げ落ち、ゾフィーの身体も宙に投げ出される。

「ゾフィ――――‼」

凄まじい物音に混じって悲鳴のような怒号が響くのを聞きながら、朦朧としたゾフィーの意識は完全に途切れた。


「……ゾフィー、ゾフィー、しっかりしろ！　目を開けてくれ！」

切羽詰まった懇願の声と、頬をピタピタ叩かれる感覚に呻き声を上げる。

「ゾフィー！」

「……耳元で叫ばないでよ。頭に響くわ……」

薄目を開けると、こわばった顔で覗き込んでいたサリエルの顔に安堵が浮かぶ。身体を起こそうとしたとたん頭が割れるように痛み、ゾフィーは顔をしかめた。

「うう……。頭がガンガンする……」

「収まるまで寝てろ。水でも飲むか？」

差し出されたグラスから水を飲み、頭を枕に戻してふたたびゾフィーは呻いた。

「なんでこんなに頭痛がするの……」

「二日酔いだ」

ことの顛末《てんまつ》をやっと思い出し、ゾフィーは唸《うな》り声を上げた。

「好きで飲んだんじゃないわ……」

「わかってる。無理に飲まされたんだろ。ドレスが酒でびしょ濡れだった」

「ひどい！　袖を通したばっかりなのに――あ痛た……っ」

「他にも新しいのがまだある。あれが気に入ってたなら同じデザインで仕立て直してやるよ」

機嫌を取る声音にしかめ面で頷き、周囲を見回した。

「……ここ、どこ？」

見覚えのない部屋だ。ゾフィーが横たわっているのは四柱式の大きな寝台で、薔薇の花が描かれた豪華なヘッドボードが付いている。足元には物入れ兼用のベンチ。その向こうに長椅子とテーブルといった応接セットと暖炉がある。

薄いクリーム色の壁には優美な絵画が飾られ、窓には深紅色の天鵞絨のカーテンがフリンジつきのタッセルでふわりと括られていた。レースのカーテンの向こうはまだ明るい。

「別邸……別荘みたいなものだ」

サリエルの返事はどこか歯切れが悪い。

「別荘？　聖王庁のなかではないの？」

「敷地の外だがそう離れてはいない。説明は後でしてやるよ。今はゆっくり休め」

頷いてもう一杯水を飲み、目を閉じた。とにかく頭が痛すぎて、説明してもらっても理解できそうにない。

しばらく眠って目を覚ますと、側にはリタが付いていた。エンデュミオンはリタと入れ代わりに聖王庁に戻ったという。すぐにまた来られるそうですよ、と言われて頷き、ふたたびゾフィーは眠った。

食事もとらずに一晩寝倒して、翌朝ようやく頭がはっきりした。昨夜、眠っているあいだにエンデュミオンがやって来て、しばらく側に付いていたそうだ。夜明け前に彼はまた聖王庁へと戻っていった。

朝、簡単な朝食をリタが用意してくれた。この館にはリタの他に、ジンの部下がふたり警護役として付いているそうだ。ミルクをたっぷり入れた紅茶を飲みながら、ゾフィーはリタからこれまでのことを説明してもらった。

エンデュミオンがゾフィーを呼んだこと自体は嘘ではなかった。結婚を認めるかどうか――というより如何《いか》にして諦めさせるか――で会議が紛糾し、ゾフィー自身に覚悟のほどを伺いたいと要求されて仕方なく呼びにやったのだそうだ。

ところがそこで、例によって横槍《よこやり》が入った。エンデュミオンの命令を受けたのは第三秘書だったのだが、彼が廊下を歩きだすや否や第二秘書が追いかけてきて、自分が行くと言い張った。第三秘書も一応抵抗はしたのだが、上役には逆らえない。

その後、第二秘書は『大事な用事を思い出し』てゾフィーを呼びに行くという役目を通りすがりのメイドに委託。後は知らないという。気が急いていたのでメイドの顔も覚えていない、と彼は平然と言い訳したそうだ。

「――で、呼びに来たメイドはどこの誰やらわからない、というわけね？」

申し訳なさそうにリタは肩をすぼめた。

「実は、どうも怪しいと思って後を尾《つ》けたんですよ。でも、途中で撒《ま》かれてしまって」

案内係がやたらあちこちで曲がったり、意味もなく空き部屋を通り抜けたり、せかせか早足だったのは、尾《つ》けられていることに気付いていたせいだったのだ。ゾフィーは付いていくのがやっとで、そこまで気が回らなかった。

これは変だと確信したリタは急いでジンに報告した。ジンは直属の部下たちを総動員してただちに捜索を開始。しかしあと一歩のところで間に合わず、ゾフィーは荷馬車に乗せられて運び出されてしまった。

部下たちは目立たぬよう荷馬車を追跡する一方でジンに連絡を入れ、ジンはそれを会議中のエンデュミオンにそっと耳打ち――という次第。

「そして閣下は御自らゾフィー様奪還《だっかん》に走られたのですわ！　これぞ愛の力！」

リタは祈るように手を組み合わせ、目をキラキラさせた。

「叫び声を聞いた気がしたけど……、空耳じゃなかったのね」

「ゾフィー様、ここはもっと感動してくださいよ！」

「も、もちろん嬉しいけど……。会議の途中で飛び出すなんてまずいんじゃない？　というか、会議はともかく、聖王庁からどうやって抜け出したのかしら」

「瞑想《めいそう》だ」

突然響いた声に驚いて振り向くと、部屋の入り口にサリエルが立っていた。法衣《ほうえ》ではなく、貴族の平服姿である。

「サ……、エンデュミオン様」

彼はつかつかと歩いてくるとゾフィーの頬にチュッとキスした。

リタは新しいカップに紅茶を注ぐと、満面の笑みで一礼して部屋を出ていった。

「具合はどうだ？」

「だいぶよくなったわ。——あの、こんな時間に大丈夫なの？」

「朝食会は済ませてきた。今は瞑想中だ」

ティーカップ片手に無造作に言われ、ゾフィーは目を瞬いた。

「ここにいるじゃない」

「そういうことになってるのさ。瞑想は俺が自由に使える唯一の時間なんだ。瞑想用のお籠もり堂は聖公爵専用で、内側から閂を掛けられる。窓は天窓だけで、外から覗かれる心配もない。瞑想の邪魔をしてはならないことになっているから、自分から出て行かないかぎりは放っておいてくれる。たとえ誰かやってきても、追い払うよう衛兵に命じてあるしな」

「それじゃあなただって出られないわ」

「抜け道がある」

しれっと返され、ゾフィーは唖然とした。

「お籠もり堂はもともと父——先代聖公爵が作らせたものだ。父は気難しく、わがままな人物だった。次男なんですっかり気を抜いていたんだな。ところが兄が夭逝《ようせい》したせいで思いがけず聖公爵位を継ぐことになって、それがものすごく厭だったらしい」

外面は聖王らしい品格を保ち、日々の聖務は最低限果たした。しかしその反動か、埋め合わせのように女色に溺れた。兄の存命中から女好きで艶聞には事欠かない人物ではあった。

結婚相手の王女はそもそも兄の婚約者で、最初からどちらにとっても不本意な結婚だったが体面を保つため人前では仲むつまじい夫妻を演じ続けた。

「父は、自分は聖職者としての修養が不充分だから、神と繋がるための瞑想をより多く行わなければならないと称して何時間も、時には二日近くもお籠もり堂に閉じこもった。実際には瞑想どころかこっそり抜け出して愛人のもとへ通っていたのさ。とんでもない聖者様だろ？」

サリエルは口許をゆがめて吐き捨て、辛辣な目つきで室内を見回した。

「ここは父が愛人を囲っていた屋敷だ。父の死後ずっと空き家になっていたのをメルドゥヴァンから帰ってすぐ手に入れ、ひそかに改装した。非常時用の隠れ場所を兼ねて外部拠点にしようと思ってな。――言っておくが、ゾフィーをここに囲おうとしたわけじゃないぞ。ここに連れてきたのはゆっくり休ませるためだ」

気圧《けお》されてゾフィーは頷いた。

「わ、わかってるわ。お籠もり堂の抜け道から外に出て追いかけてきてくれたのね」

「ジンと合流して馬車を追った。尾行役が残してくれた目印を辿ってな」

「そうだったの……。でも、わざわざ自分で出てくることなかったのに」

小声で呟くとサリエルは目を剥いた。

「何を言う！　ゾフィーのことを人任せにできるわけないだろう⁉　ジンと優秀な部下たちが

追跡してるから大丈夫だとわかってたって、ただ待ってるだけなんていやだ」

彼は身を乗り出し、ゾフィーの手をぎゅっと握りしめた。

「ゾフィーが攫われたと聞いたときは目の前が真っ暗になって、足元がいきなり崩壊したような気分で……なりふり構わず飛び出すところだった。我ながらよく我慢できたと思う」

サリエルは溜息をついてゾフィーの手を唇に押し当てた。

ジンから報告を受けたエンデュミオンは必死に動揺を押し殺し、しかつめらしく『瞑想して神意を質す』と会議を切り上げるとお籠もり堂に赴いた。扉に閂をかけるや否や脱兎《だっと》のごとくお忍び用の平服に着替え、抜け道から外に飛び出した。示し合わせていたジンが馬を用意して待っていてくれた。

「抜け出したことはバレてないの？」

「たぶんな。別にバレててもかまわんが。——それより、ゾフィーに無理やり酒を飲ませて拉致《らち》ったのはクリスティーナ・ヴァイラントだな？」

ゾフィーはハッとして、一瞬迷ったがこくりと頷いた。

「……あなたの婚約者だと言ってたわ」

サリエルは鼻息荒く肩をすくめた。

「承諾した覚えもないのに、さも決定事項みたいに吹聴《ふいちょう》して回ってる。いい迷惑だ」

「でも、そういう話はあったんでしょう……？」

「ヴァイラント卿にごり押しされてる。俺が承諾しないかぎり実現しないが、今は意地を張っていてもいずれ折れるとたかをくくってるんだな。俺の弱みを握っている——つもりだから」

ゾフィーは急に心配になった。

「弱みって、もしかして『悪魔』のこと？」

「いや」

「じゃあ何？」

「それは後のお楽しみ。大丈夫、奴がそのつもりでいるだけで、実際は弱みでもなんでもない。むしろ俺が奴の弱みを握ってる、というのが事実だ」

「何がなんだか全然わからないわ……」

すっかり混乱して眉を垂れるゾフィーを、サリエルは愛おしげに凝視《みつ》めた。

「すぐにわかる。二、三日ここでゆっくり休んでくれ。走る馬車から投げ出されたんだ。草地に落ちたんで骨折せずに済んでさいわいだったが、ひどく身体を打ったからな」

「ええ。身体がバキバキする」

ゾフィーは顔をしかめて背中をさすった。

「風呂でマッサージしてやろうか」

「けっこうです！　朝っぱらから変な冗談はやめて」

「俺はいたって本気なんだが……。ま、正式に婚約するまではおとなしくしているさ。どうせすぐのことだしな」

「それより、少しくらいは本当に瞑想して。わたしの前では気取らなくていいけど、信者をがっかりさせてはだめよ」

「わかってるって。しかし、そういうのもなんだな。詐欺《さぎ》を働いてる気がしなくもない。悪魔の所業っぽくて笑える」

「あなたを信じてる人を裏切らないで。あなたは神様との橋渡し役なの。あなたを通して、人々は神様の存在を感じ取るのよ。それは聖公爵であるあなたにしかできないことだわ」

きっぱり言われ、目を瞠ったサリエルが、ふっと微笑む。穏やかな、エンデュミオンの顔で。

「ゾフィーが側にいてくれるなら、馬鹿げた偶像を演じてもいい」

「馬鹿げてないし、ちゃんと側にいるから」

彼はゾフィーの手を頬に押し当てた。

「……うん。俺はゾフィーを通して神を感じるよ」

「それはちょっと、どうかと思うわ……」

顔を赤らめるゾフィーを、サリエルはますます愛おしげに凝視《みつ》めたのだった。


エンデュミオンは抜け道からお籠もり堂に戻ると、聖衣に着替えて天窓の下でしばし瞑想した。別にゾフィーに言われたからというのではなく、神の代理人たる立場にある者として、ふだんから自主的に瞑想は行っているのだ。

実際に〈御告《おつ》げ〉が聞こえたためしはないが、この世には何か大いなるものが存在している

――という感覚は確かにある。

ただ、ゾフィーの前では『悪魔』になって、そんな自分を嘲り、茶化《ちゃか》したくなるのだ。それもまた反動なのだろうが、受け止めてくれる存在に恵まれた自分は幸運だと思う。

ゾフィーと出会わなければ今の自分はない。精神のバランスを崩したまま、どこかに閉じ込められて一生を終えるはめになったに違いない。そしてヴァイラント卿が摂政として権勢を振るい、実質的に聖公爵家を乗っ取っていたことだろう。

妾腹の王子である彼は政治への関わりを禁じられているにもかかわらず、あるいはそれゆえにか、そういったことに並々ならぬ野心と執着心を持っている。聖職者になったのは抑えきれぬその野心を王家と並ぶもう片方の車輪を動かすことで満たすためだ。

聖務に関心のない父は、ヴァイラント卿にとっては恰好の操り人形だった。両親に認められることに必死だった、幼い自分もまた――。

純真なゾフィーのおかげで八方塞がりの状況を乗り越える取っかかりが得られたと思ったのに、記憶を失うという想像もしなかったアクシデントのせいで十年以上も無駄にしてしまった。ジンが『真実』を語ってくれても実感がわかず、戻ることのなかった記憶が、ゾフィーとの再会で一気によみがえった。彼女こそが『鍵』だったのだ。

（クリーゼル卿が聖王庁を訪れるときにゾフィーを連れてきてもらえばよかったな……）

しかしそれで記憶が戻ったかどうかは不明だ。やはり、あの場所でゾフィーに会う必要があったのだろう。

瞑想室を出ると、戸口に控えていたふたりの衛兵が敬礼した。頷いて、彼らを従えて歩きだす。衛兵のほとんどはジンとふたりで時間をかけて選び抜いた、信用のおける者たちで固めてある。事務方のほうはヴァイラント卿の影響力でなかなか思うようにいかないが、彼の息のかかっていない者も何人か確保した。

廊下を歩いていくと、そのヴァイラント卿が正面から歩いてきた。後ろには腰巾着のザカリアス卿とルーメン卿が得意げな顔で付き従っている。ふたりとも本来なら枢密卿たる資質の持ち主ではない。司教になれるかどうかも怪しいところだ。

「……おや、今日の瞑想はお済みですかな」

慇懃でありながら威圧的ないつもの口調にエンデュミオンはそっけなく頷いた。

「神の御告げはありましたか」

「いや」

皮肉な問いに固い声音で返すと、ヴァイラント卿は憐れむような微笑を浮かべた。

「それこそが神意なのでは？　あの方は自ら去ったのですよ。自分が聖公爵の伴侶にはふさわしくないと悟って、ね」

それには答えずふたたび歩きだす。背後から嘲りもあらわなヴァイラント卿の声がした。

「ご自分の役割をお忘れなく。聖公爵閣下」

エンデュミオンは歩き続けながら軽く唇の裏を噛んだ。

いつのまにかゾフィーは自らの意志で聖王庁を去ったということになっていた。自分がゾフィーを説得し、納得した彼女を馬車に乗せて送り出した……とクリスティーナがもっともらしく打ち明けたのだ。証人としていずれも司教クラスの両親を持つ令嬢たちが彼女の発言を保証した。

それでバレないと思っているのだから、どこまで舐められているのかと怒るより呆れてしまう。まさしく自分は綺麗なお飾りで、聖王庁を仕切っているのはヴァイラント卿というわけだ。

私邸に戻り、自室の扉を閉めて、ようやくホッと息をつく。

「――まぁ、いいさ。せっかくだから侮《あなど》られていることを利用してやる」

彼はどさりとソファに腰を下ろした。

ゾフィーが回復したらすぐに呼び戻し、クリスティーナの欺瞞《ぎまん》を暴いて追放する。併せて監督不行き届きでヴァイラント卿の役職を解く。あの男がいなくなれば他の枢密卿は保身に躍起になって、ゾフィーとの結婚に反対するどころではなくなるだろう。

「――そううまく行くとも、思ってはいないが」

蒼い瞳を不敵にきらめかせ、彼は低く呟いた。

ゾフィーが『自主的に』聖王庁を去って一週間が経った。そのあいだエンデュミオンはさもそれを信じているかのようにふるまった。父親のクリーゼル卿に宛てて、ゾフィーに戻ってきてほしい旨したためた手紙も書いた。その手紙が途中で『行方不明』になることは想定済みだ。

私用の手紙を確実に届けたいなら絶対に秘書には頼まない。一番若い第三秘書だけはヴァイラント卿とは無関係で人柄も誠実だが、気が弱く上司に逆らえない性質なので内密の使いは任せられない。

会議では終始むっつりと不機嫌な態度を取り続けた。ヴァイラント卿はしきりとクリスティーナとの結婚を勧めてくる。頑として受け入れずにいると痺れを切らしたか、恫喝《どうかつ》的な発言が多くなった。他の枢密卿がいない場面では、より直截《ちょくせつ》に脅し文句を吐く。

曰《いわ》く、『こうしていられるのは誰のおかげだ?』、『調子に乗るのもいいかげんにしろ』、『本当のことがバレたらただでは済まないぞ』、等々。

実際には、ただでは済まないのはヴァイラント卿のほうなのだが。それを告げるのはもう少し後だ。彼はエンデュミオンの記憶がとっくに戻っていることを知らない。むろん知られては危険だからバレないように細心の注意を払っている。

記憶を取り戻す手助けをしてもらうという名目でゾフィーを呼び寄せることで不安を抱かせ、記憶が戻りそうな様子がないと見せることで安心させる。一度不安をつのらせてから安心させれば気がゆるんで油断すると考えたのだ。

記憶が戻らなくてもゾフィーと結婚すると言い張ることで、クリスティーナとの結婚を勝手に進められないように牽制《けんせい》したつもりでいたら、いきなりとんでもない強行手段に出られて危ないところだった。

まさか顔を合わせるなり、そこまで過激な行動に走るとは思わなかった。あの男の娘だけあって邪魔者を排除するのにいささかのためらいもない。あんな恐ろしい女と結婚したら寝首を掻かれるのは必至である。

『己の立場を忘れた愚かな操り人形』を演じて一週間。ようやくゾフィーが聖王庁に戻ってきた。抜け道からお籠もり堂を通り、誰にも見咎《みとが》められずに私邸に入る。がまんできずにすぐさま寝室に引っ張り込み、昼から事に及んでしまった。

ちなみに今日の公務は頭が痛いと訴えてサボった。聖王らしくしなさいと生真面目に説教するゾフィーは本当に可愛くて、押し倒さずにはいられない。

溜まった思いの丈を存分に吐き出すと居間に移り、ゾフィーが喜びそうな茶菓をふんだんに用意させて機嫌を取った。恥ずかしそうに拗ねた顔にもそそられてソファに押し倒したくなったが、ぐっとこらえて今後のことなど話し合っていると、青ざめた顔でリタがすっ飛んできた。

「大変です！　ヴァイラント卿が来ました！」

「えっ⁉　ど、どうしましょう」

焦って腰を浮かせるゾフィーを、エンデュミオンは笑顔でなだめた。

「どうもしなくていいんだよ。ほら、座ってゆっくりお茶をお飲み」

リタの前なので、聖王らしく微笑みながら悠然とした口調で話す。

「大丈夫、来ることはわかってた。今日は公邸に顔を出さなかったからね」

控えの間からジンの咎める声が聞こえてくる。扉を自ら押し開けて、ヴァイラント卿が傲然と姿を現した。入ってくるなり彼は有無を言わせぬ口調で宣言した。

「逃げても無駄だ。今日こそ我が娘との結婚を承諾していただく。さもないと――」

そこまで言ってようやくゾフィーの存在に気付いたヴァイラント卿が目を瞠る。つねに厭味なくらいに落ち着きはらっている男が、唖然として言葉も出ない様はなかなか見ものだった。

くすり、とエンデュミオンは口の端に笑みを浮かべた。

「さもないと何なのかな？　ヴァイラント卿」

ヴァイラント卿は気を取り直し、薄笑いを浮かべるエンデュミオンに視線を向けた。目つきが一層冷たくなり、恫喝の色を湛《たた》える。

「……ゾフィー嬢はメルドゥヴァンへお帰りになったのでは？」

「まだ猿芝居を続けるつもりか？　彼女は帰郷したのではなく攫われたんだ。貴卿の愛娘《まなむすめ》の、卑劣な企《くわだ》てで」

「聞き捨てなりませんな！」

ヴァイラント卿は顎を反らし、緊張しているゾフィーを威圧的に睨んだ。

「おおかた途中で気が変わって引き返してきたのでしょう。浅ましいことだ。どうやってここまで入り込んだか知らないが、我が娘の悪口を閣下に吹き込んで――」

「ゾフィーは私が連れてきた」

ぴしゃりと遮られ、ヴァイラント卿が口を噤《つぐ》む。エンデュミオンは真正面から彼を見据えた。

「攫われた彼女を自ら追いかけ、この手で救い出したんだ。クリスティーナが嘘をついていることを私は知っているんだよ。証人がどうのと言い張るなら、令嬢たちには偽証罪についてとっくりと説明してさしあげよう。すぐに前言撤回するだろうな」

鋭い視線が火花を散らせる。ヴァイラント卿の口角が片側だけ奇妙にねじれた。

「……どうやらあなたは自分の立場を完全にお忘れのようですな」

「忘れてなどいないよ。それどころかはっきりと思い出した。自分が何者であるかを」

ヴァイラント卿の顔がこわばる。エンデュミオンは彼を睨んだままゾフィーを促した。

「ゾフィー。私が誰だか彼に言ってやってくれないか」

「え？　誰って、エンデュミオン様……ですけど？」

「それを証言できるかな？　たとえば法廷でも。私が他の誰かではなくエンデュミオン自身だと、証言できる？」

ゾフィーは訝しげな顔をしながらも、きっぱりと頷いた。

「もちろんです」

「証拠はあるかな？」

「証拠ですか……？」

とまどって目を瞬いたゾフィーは、何か思いついた様子でうっすらと頬を染めた。

「エンデュミオン様の背中には傷痕があります。十一年前、わたしをかばって木の枝が突き刺さって怪我をされたんです。父も存じております。手当てをした執事と女中頭も」

「……たわごとを！　十一年前にふたりは会ってなどいない」

「会ってるよ。私は十一年前、メルドゥヴァンのクリーゼル卿の館で『療養』していた。聖王庁の記録には残されていないが、両親がしたためた手紙はすべてクリーゼル卿のもとに保管されている」

スッとエンデュミオンは目を細めた。

「両親の手許にあった手紙を処分すれば事足りると思ったか？　残念だったな。私は代役ではなくエンデュミオン本人だ。――なぁ、ジン？」

「はい」

いつのまにか戸口に立っていた護衛官が静かに頷いた。

「代役は私ですからね」

「……なん……だと……⁉」

ジンは皮肉な冷笑を浮かべた。

「エンデュミオン様がお留守のあいだ代役を務めたのは私です。子どもの頃は閣下と非常によく似ていましたので」

「そうなの⁉　今は全然似てないわよ？」

ゾフィーが頓狂な声を上げ、ジンは苦笑した。

「赤の他人ですからね。たまたま一時期、背格好もふくめてとてもよく似ていたのですよ」

「そう言えば、目の色はそっくりね」

「ですから黒髪のカツラをかぶって法衣を着て澄ましていれば、見破られることはありませんでした。本物のエンデュミオン様が『療養中』だと知る者以外にはね」

「――馬鹿な！　代役の少年は死んだはずだ」

憤然と吼《ほ》える男に、ジンは冷ややかな視線を向けた。

「ええ、危うく殺されるところでした」

「……っ」

エンデュミオンはきっぱりと伯父に告げた。

「ヴァイラント卿。私は聖公爵の権限をもって貴卿の枢密職を解く。併せて両親の事故の再調査を早急に開始する。あれは事故ではないと、私は確信しているのでね……」

彼は牙を剥く猛獣のごとき笑みを浮かべた。

「明日の会議が楽しみだな。この機会に聖王庁詰めの枢密卿全員を馘首《クビ》にして人事を刷新するつもりだ。貴卿らに追いやられたクリーゼル卿と他の二名を呼び戻し、協力してもらう。三人とも喜んで応じてくれるはずだ」

ヴァイラント卿は凄まじい目つきでエンデュミオンを睨み付け、挨拶もせずに足音荒く居間を出て行った。


ゾフィーは呆気にとられて成り行きを眺めていた。

「――逃げ出すでしょうか」

醒めた目で見送ってジンが呟く。エンデュミオンは肩をすくめた。

「聖王庁の主は自分だと思ってる男だぞ？　逃げるくらいなら私たちを追い出そうとするさ」

「あなたが本物とわかった以上、追い出すのは不可能になったのでは」

「うん、だから――」

「ちょっと待って！」

ゾフィーは声を荒らげた。

「全っ然！　話が見えないんだけど⁉」

「――ああ、ごめんごめん。きちんと説明しないといけないいな」

エンデュミオンが苦笑する。

「要するにヴァイラント卿は、私を偽者――代役だと思っていたんだよ。というか、私にそう思い込ませた」

「余計わからないわ」

睨まれたエンデュミオンは眉根を寄せた。

「う〜ん、どこから話したらいいか……。やはり両親が亡くなった、馬車の事故かな？　――あの事故で私は両親と記憶を失った」

「ええ、それは父から聞いてます」

「重傷を負い、記憶を失った私に、ヴァイラント卿はこんなふうに囁いたんだ。『おまえは代役を務めるために連れてこられた偽者だ。馬車の事故はおまえが引き起こした。おまえのせいで聖公爵夫妻も本物の聖公子も亡くなったのだ』……とね」

ゾフィーは愕然とした。

「そんな……！　本人に偽者だと思い込ませたの⁉」

「自分のせいで三人もの人間が死んだという罪悪感まで、ついでに抱かせてね」

「ひどい……。どうしてそんなこと」

「自分が聖王庁の実権を握るためさ。本当は三人とも事故に見せかけて殺すつもりだった」

エンデュミオンが『悪魔』に憑かれたことで両親は自分たちの身勝手な行状を省みるようになった。互いに不満を抱えたまま結婚し、わかりあおうとしなかった。出来のいい息子に公務を押し付けて憂さ晴らしに耽《ふけ》り、息子が両親に認められたくて必死だとは想像もしなかった。『悪魔』の出現によって、ふたりはそのゆがみにようやく気付いたのだ。自分たちだけしか知らない息子の隠し名を、悪魔が名乗ったことによって。

両親がうろたえているあいだに周囲がお膳立てして悪魔祓いが執り行われた。それで正気に戻ってくれれば……と一縷《いちる》の望みをかけたが、症状は悪化する一方だった。

無意味な苦痛を与えられる息子を見ていられず、さりとて『悪魔』が息子の一面だとは見栄《みえ》と体面から公言できなかった。

弱り切った両親は諫言《かんげん》の腹いせに左遷したクリーゼル卿に相談した。息子がかつて立ち寄った彼の館での出来事を楽しそうに話していたことを、ふと思い出したのだ。

そういえばクリーゼル卿の幼い娘にもらった四つ葉のクローバーを押し花にして、懐かしそうによく眺めていたな……と。

「あ……。わたしがあげた……？」

驚くゾフィーにエンデュミオンは微笑んだ。

「四つ葉のクローバーの葉っぱにはそれぞれ意味がある。『名声』、『富』、『健康』、『誠実な愛』。すべてが合わさって『真実の愛』を表わす。その全部を贈ります！　と小さなゾフィーは言ってくれた。ものすごく一生懸命な顔で」

あのとき、ゾフィーは地面にべちゃっと突っ伏して泥まみれになったのだ。思い出して赤面するゾフィーの頬を、エンデュミオンは愛おしそうにそっと撫でた。

「……もっとも、四つ葉のクローバーの花言葉はまた違うけどな」

「花言葉？　意味とは別にあるの？」

「あるよ。知りたい？」

素直に頷くと、エンデュミオンはサリエルの貌《かお》になってニヤリとした。

「『幸福』、『約束』、『私のものになって』」

最初のふたつにうんうんと頷いたゾフィーは、みっつめで顔を引き攣らせた。けっしてそういうつもりじゃなかったんだけど……！

「そして、『復讐《ふくしゅう》』」

「ふ、復讐……？」

そんな物騒な花言葉が……⁉

青くなるゾフィーに、エンデュミオンはにっこりした。

「ゾフィーが『私のものになって』くれれば、『幸福』は『約束』される」

「え」

「そして私は両親の『復讐』を成し遂げる。完璧だな！」

「あああのっ、わたしは花言葉じゃなくて、意味のほうでさしあげたつもりなんだけど⁉」

「うん、わかってるよ。ゾフィーは私に『真実の愛』を捧《ささ》げてくれたわけだ」

嬉しそうに手を撫でられ、顔を引き攣らせる。

「いや、あの、それは。その全部がエンデュミオン様のものになったらいいな～っと……」

「ゾフィーがいてくれればそうなるのは確実だ。そうだろう？」

「……は、い」

優雅に微笑しつつ、エンデュミオンの蒼い瞳は有無を言わせぬ迫力をはらんでいる。気圧されてゾフィーはぎくしゃくと頷いた。どうせ捕まってしまったのだから今更だ。

「話が逸れたな。ともかくそういうことで、私はメルドゥヴァンへ送られた。クリーゼル卿は私の様子を詳しく両親に書き送っていた。それらを読むうちに両親も思うところがあったんだろう。初めて互いに胸襟を開いて話し合い、改めてやり直そうということになった。戻ってきた私を連れて別荘へ向かったのは親子三人、水入らずで話し合おうということだったんだが、それがヴァイラント卿にはおもしろくなかったんだな。父にはやる気のない、名ばかりの無策無能な聖王でいてもらわなければ、自分の好き勝手に聖王庁を牛耳ることができなくなる」

「だから事故を仕組んだの……⁉」

エンデュミオンは真剣な顔で頷いた。

「あの馬車は、車軸に細工されていた。後になって気付いたが、乗る前に馬車の下に木屑《きくず》が落ちているのを見たんだ。さらには道にも嘘の表示を出して、わざわざ崖沿いの迂回路《うかいろ》を通らせた。そして故意に目の前に岩を落として馬を脅かし、暴走させたんだ」

切れ込みの入れられていた車軸は振動に耐えきれずに折れ、馬車は転落した。深い谷底へと。

「……私だけがかろうじて助かったのは、馬車のなかで両親がかばってくれたからだ。最後の最後で、ふたりは自分たちよりも息子を優先した」

エンデュミオンは声を詰まらせ、眉間を摘まんだ。ゾフィーはそっと彼の肩を抱き寄せた。

黙り込んだエンデュミオンの後をジンが引き取り、固い声音で続けた。

「ご本人の復帰で代役がいらなくなり、私はとある人物に預けられていました。身寄りがないため、どこかよい引き取り先を探してくださるというお話で……」

「そのまま側付きにするつもりだったよ、私は」

エンデュミオンの言葉にジンは微笑んだ。

「私もそうさせていただければと思っていました」

ところがジンを預かったのはヴァイラント卿の息のかかった人物で、彼を殺そうとしたのだ。命からがら逃げ出し、叱責を恐れたその人物は首尾よく始末したと嘘の報告をした。

「その後は個人的な話になりますので省きますが……。運良く誠実な軍人の一家に拾われて、養子にしてもらえたのです。ジンという名は養父が付けてくれました」

軍人の養父や義兄に鍛えられて成長したジンは護衛官試験を突破してエンデュミオン付きの護衛官のひとりとなった。そして近くで接するうちに、彼が事故以前の記憶をすっかり失っていることに気付いた。それをいいことにヴァイラント卿が彼を都合よく利用していることも。

ジンは焦らず、少しずつエンデュミオンの信頼を得ていった。事実を告げたのは首席護衛官になってからだ。

時間をかけたのは、事実を告げても記憶が戻らず、かえって不審を抱かれてしまうのではと用心したこともあるが、エンデュミオンが命を狙われている節《ふし》がかいま見えたからだ。

「――ヴァイラント卿は私の記憶が戻ることを恐れていた」

エンデュミオンがふたたび話し始める。

「嘘を教えていたのだから当然だ。私は彼の言葉を信じ込んでいたが――なにせ大怪我で意識が朦朧としているところに繰り返し暗示を掛けられたのでね――、どこかで身の危険を感じていたんだろうな。記憶が戻ったら殺される……と」

「記憶が戻る前に殺されそうだったんですよ、実際」

ジンが腕を組んで嘆息した。

「ヴァイラント卿は閣下の記憶が戻る前に事故か病死を装って始末しようとしてたんです。その後どこからか聖公爵家ゆかりの人物を引っ張ってくるつもりだった。自分の意のままに動かせる人物をね」

「ジンがいてくれて本当に助かったよ」

　エンデュミオンは溜息をついた。ジンが護衛官になったのは、ちょうどヴァイラント卿が本格的に暗殺を企て始めた頃だった。数年が経過し、また事故が起きても偶然で済ませられると踏んだのだろう。

「その前から病死を装って始末しようと毒を盛られていたから……」

「ど、毒⁉　大丈夫だったの⁉」

　詰め寄るとエンデュミオンは苦笑した。

「どういうわけか毒が効かない……というか、異物が混入してると食べたとたんに吐き出してしまうという、ありがたい体質でね」

「それこそ神のご加護だわ……」

　ほぅっとゾフィーは溜息をついた。

「調理場や給仕に調査が入ったものだから、さすがに諦めたらしい」

　腰巾着たちも、まさかヴァイラント卿がそこまでしているとは思っていない。ただ聖王庁を牛耳って私腹を肥やす彼の所業に、浅ましく乗っかろうというだけで。

　ジンを信頼するようになったエンデュミオンは、彼の話に衝撃を受けた。今までずっと、自分は代役だと信じ込んでいた。自分のせいで死んでしまった本人への償いとして理想的な聖王を演じ続けなければならないと、必死に務めを果たしていたのだ。

　話を聞いても記憶は戻らなかったが、ジンの話は具体的で信憑性《しんぴょうせい》があった。押し花にした四つ葉のクローバーのことを教えてくれたのも彼だ。

言われたとおりの隠し場所からそれが見つかった。乾燥して色あせた押し花を見たとたん、なんとも言えない懐かしさともどかしさが胸にあふれた。

これをくれた少女に会えば、きっと記憶が戻るはず――。

「だが、その頃にはヴァイラント卿の権勢はすでに確固たるものとなっていた」

下手に動けば潰される。いきなりゾフィーに会いに行こうとすれば、彼女やその家族にも危険が及ぶだろう。そこでもっともらしく『枢密卿領の査察』という、すっかり形骸化していた制度を復活させた。定期的に行うべきものが明確な理由もなく中断されていたので、誰も反対することはできなかった。

「本当は真っ先にゾフィーのところに行きたかったんだが……。それで怪しまれては元も子もないと用心した。味方は少なく、敵は強大だった」

少しずつ、少しずつ力を蓄えた。最初はジンだけだった信頼できる味方は、ゆっくりと、だが確実に増えていった。

とにかく敵に気取られないことが最優先。いつも監視されていたので用心深くならざるをえなかった。そのかいはあった。記憶が戻る気配を見せず、言われるままにおとなしく『代役』を演じ続ける彼を、ヴァイラント卿は侮り軽んじるようになっていった。

一方で、エンデュミオンの〈聖者〉としての評判も高まる一方だった。ヴァイラント卿はそれを人々の信心ゆえだと事あるごとに強調した。代役を本人と信じているからこそ、〈奇跡〉が起きるのだと。

「本人なんだもの、そんなのあたりまえよ!」

荒い鼻息をつくゾフィーに彼は苦笑した。

「やややこしいよな。本人に代役だと思い込ませているんだから。どうせなんで、それも利用させてもらったよ。ちやほやされて代役の立場を忘れ、いい気になっている……とね。そうすれば多少強気な行動に出たところで、勘違いしてるだけだと勘違いしてくれるだろう?」

混乱しつつゾフィーは頷いた。

「そ、そうね。本当、ややこしいけど」

「要は腹の探り合いですよ」

ジンが顎を撫でてニヤッとした。そういう顔をすると、彼もなかなか悪漢めいて見える。

「どっちの腹が、よりいっそう黒いか……ってとこだな」

「で、でも。おとなしく刑罰を受け入れるかしら……?」

性格的に、とてもそうは思えないのだが。エンデュミオンも頷いた。

「まぁ無理だろうな。カネを掻き集めて行方をくらますか、あるいは娘の上を行く強行手段に打って出るか……。どっちにしたって逃がしはしないさ」

放たれた猟犬を思わせる目つきの鋭さに、ゾフィーはこくりと喉を鳴らしたのだった。

第八章　聖公爵の復権

その夜のこと。エンデュミオンとゾフィーが夕食を取っていると、玄関のほうから何やら立ち騒ぐ声が聞こえてきた。ヒステリックな女性のわめき声と、それをなだめる複数の声だ。

いきなり晩餐室の扉がバーンと開き、憤怒の形相のクリスティーナが現れた。

「この性悪女！」

キンキン声で叫ぶなりクリスティーナはゾフィーに掴みかかった。逃げる暇もなく床に押し倒され、派手な音を立てて椅子が転がる。クリスティーナは倒れたゾフィーの上に勢いよく飛び乗り、悪口雑言をわめき散らしながら両手で首をぐいぐい絞め上げた。

「泥棒猫！　田舎者のくせにっ、生意気なっ！　わたくしを陥《おとし》れようったってそうはいかないわよ⁉　わたくしは王族の一員なのよ！　あんたなんかと違うんだから！」

力任せに首を絞められ、無我夢中でゾフィーは抗った。エンデュミオンが駆け寄り、引き剥がそうとクリスティーナの腕を掴む。

「何をするんだ、やめろっ」

クリスティーナが振り回した頭がちょうどエンデュミオンの顎に激突する。

「この……っ」

眉を吊り上げたエンデュミオンの唇には血がにじんでいた。彼は渾身《こんしん》の力で引っぱがそうとしたが、逆上したクリスティーナの力はふつうではない。駆けつけたジンが加勢してようやく手が外れそうになると、今度は何人もの見慣れぬメイドが血相を変えて割り込んできた。

「お嬢様に何をなさいます⁉」

「それはこっちの台詞だ！」

「人殺しー！」

クリスティーナの後を追ってきたメイドたちのようだが、主人を止めようとするよりエンデュミオンたちを妨害しているとしか思えない。揃いも揃って体格のいいメイドばかりで、勢いをつけて体当たりされれば闘牛なみのダメージを食らう。それでも女性相手ということで根が紳士な護衛官たちにはどうしてもためらいが生じた。

どうにか引き剥がしたものの、クリスティーナはなおも狂ったようにきぃきぃわめきながら床を転げ回り、取り押さえようとする護衛官たちを手当たり次第に殴ったり蹴飛ばしたりした。振り回した指先にたまたま触れたテーブルクロスを力任せに引っ張ったので、食器や料理がガラガラと床になだれ落ちる。飾られていた蝋燭の炎がクロスに燃え移って火の手が上がる。

もはや大混乱である。

火を消そうとすれば拘束を逃れたクリスティーナがふたたびゾフィーめがけて飛び掛かってくる。完全に目の色が変わっていて、怖いったらない。怖気《おぞけ》をふるってゾフィーは逃げ惑った。

クリスティーナは誰彼かまわず引っ掻き、噛み付き、頭突きをかますので手がつけられない。やっとのことでクリスティーナとメイドたちを押さえ込み、昂奮して暴れ続ける彼女たちをやむなく縛り上げてヴァイラント卿の居館に連行した。

ヴァイラント卿は娘が勝手にやったことだと言い張り、悪いのは娘を絶望させたゾフィーのほうではないかと開き直って難癖をつけた。連れ戻されるなりクリスティーナが気絶してぶっ倒れたので、『娘に暴力を振るった』と逆に食ってかかる始末。

かくしてこちらもすったもんだの大騒ぎとなり、最終的にジンは聖公爵首席護衛官の緊急権限でヴァイラント卿に謹慎を言い渡すと自分の部下の半分を見張りに付け、やっとのことで引き上げたのだった。

ゾフィーとエンデュミオンの手当てをしたり、惨憺《さんたん》たるありさまの食堂を片づけたり、押しかけたメイドたちによって破壊された置物や扉を直したりしているうちに、すっかり夜が更けてしまった。

いったいなんだったの、とヘトヘトになってゾフィーは床に就いた。あの女は予想の斜め上を行き過ぎるとエンデュミオンも疲労困憊《ひろうこんぱい》の態でぼやいたが、まったくもってもっともだ。

そして紫水晶館《アメシスト》の住人がやっと眠りについた、夜更け――。

誰もいないエンデュミオンの居間で、何者かが容器に入った油を部屋中にぶちまけた。そして火のついたランプを床に叩きつけ……。燃え上がる炎を背景に窓から素早く抜け出した。

紫水晶館《アメシスト》が燃え上がる様を居館の窓から眺め、ヴァイラント卿はほくそ笑んだ。ひっきりなしに響く警鐘と、人々の立ち騒ぐ声が風に乗って聞こえてくる。

「無駄だ、無駄だ」

くっくと喉を鳴らして男はふくみ笑った。

クリスティーナの狂乱は、むろん父親の指示である。ゾフィーの嘘で傷つき、やけ酒を呷って乗り込んで暴れたが、酔っていたので何も覚えていないという筋書きだ。

火事もまたゾフィーの仕業ということにする。気が変わって戻ってきたもののエンデュミオンに嘘がばれ、追い詰められて無理心中を図ったという設定。

あの騒ぎで警備を引きつけておいた隙に、こちらの手の者をもぐり込ませておいた。クリスティーナの熱演で奴らは疲れ果てたことだろう。気を静めようとナイトキャップを口にして、ぐっすりと眠り込むはず。

ナイトキャップには睡眠剤を仕込んである。エンデュミオンは毒薬に過敏に反応して吐き出してしまうという厄介な体質の持ち主だが、ふつうの薬は効く。

多少強引な説明でもかまうものか。そんなことをいちいちあげつらう者などいない。

後はいざというときのために用意しておいた代わりの人物を新たな聖公爵に祭り上げるだけ。

「……馬鹿な奴だ。おとなしく言うことを聞いていれば、少しは長生きできたのに」

嘲りを込めてうそぶく。いずれにしろ自分の娘と結婚させ、跡取りが生まれたら死んでもらう計画ではあった。いや、十一年前とっくに死んでいるはずだったのだ。両親と一緒に。

「やっと、聖王庁が私のものになる……」

この国を動かす車輪のひとつが手に入る。そうしたら次は王家だ。

妾腹というだけで王子としての権利を認めず、能力的にはるかに劣る異母弟が王位に就いた。私こそが王位にふさわしいというのに……！　正妃の子というだけであんな凡庸な男に玉座を譲らねばならないなど、到底承服できるものではない。

今の国王は憎き異母弟の息子。十四歳になったばかりの柔弱な若造だ。十五歳の次女を嫁がせるのにちょうどいい。摂政公爵が反対しそうだが、黙らせる手段などいくらでもある。

自分が王家と聖公爵家を意のままに操り、ロファール王国の実質的な支配者となる——。

壮大な夢を思い描きながら、アロイジウス・ヴァイラントは新たな夜明けを待ちわびていた。


「——失礼します」

入ってきたのは端整な面持ちながら気弱そうな青年だった。ヴァイラント卿は鷹揚《おうよう》な笑みを浮かべて青年を手招いた。

「待っていたよ、モーリス司祭。さぁ、座りたまえ」

青年は執務机の前に置かれた椅子に、おずおずと腰を下ろした。

「紫水晶《アメシスト》館の火事のことは聞いたかね？」

「はい、先ほど……。まさか聖公爵閣下が火事で亡くなられたとは……！　本当なのですか」

「遺憾ながら本当だ。このことはまだ庁外には伏せてある。くれぐれも外部に洩らさぬように。わかっているね？」

「も、もちろんです」

こくこくと忙《せわ》しなくモーリス司祭は頷いた。

彼は王都の司教館で秘書をしている。ヴァイラント卿は彼が物心つかない頃からずっと援助してきた。内気でおとなしく、我を張ることがない、実に理想的な性質に育ってくれた。

「エンデュミオン様は病死ということになる。火事で亡くなったと知られれば、信者たちに不安が広がるからな」

「はい、仰るとおりです」

「しかし我々は悲しんでばかりもいられない。可及的速やかに後継者を擁立しなければ」

「はい……」

頷きながらモーリス司祭は怪訝《けげん》そうだ。なぜ自分のような若輩者にそのような話をするのかと、不思議に思っているのだろう。

心のうちでほくそ笑みながら、厳粛な面持ちでヴァイラント卿は頷いた。

「モーリス司祭。実は、きみこそが新たな聖公爵なのだよ」

ぽかんと目を瞬いたモーリス司祭は、真っ青になって腰を浮かせた。

「ご、ご冗談を」

「冗談ではない。きみはエンデュミオン様の異父兄にあたる」

「異父兄……⁉　そんな、まさか」

「きみの父親は先代公爵の亡くなられた兄君――本来なら聖公爵となるべきだった御方。母親は先代公爵夫人だ。彼女がもともと兄君の婚約者だったことは周知の事実。わかるかね？　要するにきみは本来ならとっくに聖公爵位を継いでいてしかるべき人物というわけなのだよ」

モーリス司祭はぽかんと口を開けた。

「私が、聖公爵……？」

「そうとも。いいかね、エンデュミオン様は本来爵位を継ぐはずのなかった弟の子。しかるにきみは、正統な嫡男の子だ。母親は当時の婚約者なのだから、不貞を働いたわけではない」

「しかし、結婚はしていませんでしたよね」

「正式に婚約していた相手だ。問題なかろう。きみには爵位を継ぐ権利がある」

唖然としていたモーリス司祭が脂汗をダラダラ流し始める。

「む、無理です！　わ、私ごとき卑小な者に聖公爵の重責を担うことなど……！　だいたい私には癒しの力などありませんよ⁉」

「心配いらない。あれは聖公爵位を継ぐことによって初めて天から授かるのだ。聖公爵として即位すれば、きみの内から癒しの力が湧きだしてくる。それこそ泉のように」

馬鹿め。そんなたわごと、ただの思い込みに過ぎん――と心のうちで嘲りながら、神妙な顔でヴァイラント卿は続けた。

「聖座は途絶えることがあってはならない。モーリス司祭、きみには今日から聖公爵としての務めを果たしてもらう」

「そ、そんな！　無理です！」

「これはもう決定事項だ」

「絶対無理です‼」

　チッとヴァイラント卿は内心舌打ちをした。まさかここまで固辞されるとは思わなかった。浮かれてすぐに飛びついてくると思ったのに――。

　涙目になったモーリス司祭が首がもげそうなほどぶるぶるとかぶりを振っていると、執務室の扉を激しく叩く音がした。ヴァイラント卿は今度ははっきりと舌打ちした。

「誰だ？　今は大事な話をしておる、後にしろ――」

「大変です！　ヴァイラント卿！」

　答えも聞かずに飛び込んできたのはネズミ顔のザカリアス卿だった。その背にぶつかる勢いでルーメン卿も駆け込んでくる。

「死体が！　閣下の亡骸《なきがら》が！」

「……発見されたのか」

　ヴァイラント卿は思い切り口角を下げた。本当は万歳を叫びたい気分なのだが、さすがにそれはまずいので、ありったけの演技力で沈痛な面持ちを作り出す。

「そ、それがどこにも見当たりません！」

「なんだと……⁉」

愕然とする男に、ふたりの枢密卿が蒼白《そうはく》な面持ちでがくがくと頷く。

紫水晶館《アメシスト》の焼け跡の捜索は、夜が明けるのを待って始まった。すぐに遺体が見つかったという知らせが来ると思ったが、予想外に長引いているあいだに、はやばやと呼びつけたモーリス司祭がやって来てしまったのだ。

「そんな馬鹿な。まさか死体がないのか⁉　ひとつも⁉」

「は、はい。寝室にもどこにも、遺体は発見されません……！」

「──死んでいないのだから、あるわけないね」

にこやかな声に一同がギョッと振り向く。開け放たれたままの入り口から、純白の法衣を身にまとったエンデュミオンが入ってきた。背後にはシンプルで上品なドレス姿のゾフィーと、彼女を守るように護衛官のジンが控えている。他の護衛官や衛兵の姿も見えた。

「閣下！」

満面に喜色を湛えたモーリス司祭が椅子から飛び上がり、エンデュミオンの足元に跪いて法衣の裾を何度も唇に押し当てる。

「やはり生きておられた！　誰よりも神のご加護を受ける閣下が火事で死ぬなどありえないと思っていました！」

ぽろぽろと涙をこぼすモーリスの肩に、エンデュミオンは優しく手を置いた。

「見てのとおり私は無事だ。さぁ、立ちなさい」

しかしモーリスは差し伸べられたエンデュミオンの手を押しいただいて嗚咽《おえつ》を上げるばかりだ。苦笑したエンデュミオンは、彼をそのままにして姿勢を戻した。

「ずいぶんと気が早いな、ヴァイラント卿。私の死を確かめる前に後継者選びとは」

立ち上がったヴァイラント卿は青ざめた唇をぐいと引き結び、慇懃に頭を下げた。

「ご無事で何より――」

「心にもないことは言わなくてよろしい。貴卿の仕業であることはわかっている」

「はて、なんのことやら。私は一晩中自分の館におりました。証人はあなたの護衛官たちだ」

冷笑を浮かべる男にエンデュミオンは肩をすくめた。

「あくまでしらを切るつもりかい。仕方がないね」

エンデュミオンが手を振ると、後ろからジンが縛り上げた男を引きずり出した。サッとヴァイラント卿の顔が青ざめる。

「この男は昨夜の夜半に私の居間の窓から出てきたところを捕まえたんだ。窓からは炎が上がっているのがよく見えた。この男が火をつけたことは明らかだな。極刑に処すと脅したら洗いざらい喋ってくれたよ。今までずっと貴卿の指示で汚れ仕事を一手に引き受けてきたそうだね」

ヴァイラント卿は目を血走らせて男を睨んだ。さすがに気まずいようで男は必死に顔を背けている。忠誠心はそれなりにあっても自分の命と引き換えにするほどではないということだ。

男が引き立てられて行くと、エンデュミオンは涼しげな顔で微笑んだ。

「モーリス司祭」

跪いていたモーリスが慌てて立ち上がる。

「は、はいっ⁉」

「先ほどヴァイラント卿が言っていたことだが……。残念ながらでたらめだ」

ぽかんとしたモーリス司祭の顔に安堵が広がる。彼は胸を押さえ、しみじみと呟いた。

「よ、よかった……！」

「しかし、全然無関係でもない。きみは私の伯父の息子ではないが、その乳兄弟ではある」

エンデュミオンは皮肉な笑みをヴァイラント卿に向けた。

「確かに私の母は婚約していた伯父の子を産んだ。周囲に決して知られぬようひそかに。だが可哀相なことに、その子は生後一年と経たぬうちに亡くなってしまったんだ。モーリス。きみはその子の世話をしていた乳母の子なんだよ。ヴァイラント卿は将来使えるかもしれないと、きみの援助をしていたんだ。こういう事態に備えてね。――そうだろう、ヴァイラント卿？」

男は青ざめた顔を引き攣らせたまま答えなかったが、沈黙は肯定に他ならない。やがて彼は顔をゆがめ、なんとも凄まじい笑みを浮かべた。

「……いつから記憶が戻っていた？」

「はっきり戻ったのはメルドゥヴァンに赴いてゾフィーと再会したときだ。だが、そのずっと前にジンから事の真相を聞き、ひそかに調査を進めていた。さすがに三カ月やそこらで貴卿の悪事を暴くのは無理だったろうな」

「ふん……。言い訳しても無駄……というわけか」

「そのとおり。両親の事故も例の男が仕組んだそうだね。処刑を逃れるためならなんでも喋ってくれるそうだよ。誰だって命は惜しい。彼には命をかけるほどの信念もないようだし」

ヴァイラント卿はくっと喉を鳴らすと哄笑を放った。

「ああ、金銭《カネ》にしか興味のない男だ。だが私は違うぞ！　私には信念がある。この国を変えるという信念がな……！」

「変える？　乗っ取るの間違いだろう」

冷ややかに返すエンデュミオンを、ヴァイラント卿は凄まじい目つきで睨み付けた。

「私は王になるべき人間だった！　それだけの能力を持って生まれてきたんだ。なのに、母が正妃ではないというだけで、政治への道を閉ざされた……！　そのうえ無能な異母弟《おとうと》が王位に就き、バカをやらかすのをただ見ていることしかできなかった。やむなく聖職者になれば、今度は頭が空っぽのくせに気位ばかり高い異母妹《いもうと》のご機嫌取りだ。わかるか⁉　おまえの母親だぞ。あの女は王宮にいた頃から俺のことを見下していた……！」

男は箍《たが》が外れたように声を荒らげ、眉をひそめるエンデュミオンに指を突きつけた。

「どいつもこいつも薄のろ馬鹿のくせに、偉そうにこの俺をバカにしやがって！　俺が一番優れているのに。俺こそが王位にふさわしい！　なのに親父が死んだとたん王宮から追い出され、王族としての権利も取り上げられて……。そんなバカなことがあるかっ……」

顔を引き攣らせ、息を荒らげる母方の伯父を、エンデュミオンは黙って凝視めた。

「……今の制度が必ずしも正しいとは私だって思っていない。貴卿には、それを変えるためにできることがたくさんあったはずだ。たとえ一代では無理だとしても――」

「俺がなれないのなら、変えるための努力など無意味だ！　俺は俺をバカにした馬鹿どもを見下ろしてやりたいんだ。おまえも、おまえも！　この手で操ってな……！」

叫びながら彼はエンデュミオンとモーリスを指さした。びくっとモーリスが身を縮める。

「今の国王もだ！　みんな俺が操ってやる……、この、世界という、舞台で……、俺はすべてを意のままに動かす……。神のごとくにな……！」

血走った目をカッと見開いてヴァイラント卿が後退る。

「――っ、待て……」

ハッとしたエンデュミオンが身を乗り出すと同時に、ヴァイラント卿は背後の窓に全力で体当たりした。ガラスが砕ける音と、狂ったような哄笑が交錯する。

ドサッ……と窓の向こうで重苦しい響きがした。執務室は二階だが、各階の天井は通常の建物よりもずっと高い。

しばらく誰もが無言で立ち尽くした。エンデュミオンが壊れた窓に静かに歩み寄る。ゾフィーは彼の背後からおそるおそる覗き込んだ。

ヴァイラント卿が石畳の上で仰向《あおむ》けになっていた。見開かれたままの目は、はるか天の高みを睨み付けている。その口はいびつな哄笑を上げ続けていた。彼を認めなかった世界を、彼が認めなかった世界を、罵倒するかのように――。

終章

「――大丈夫か？」

心配そうに顔を覗き込まれ、ゾフィーは微笑んだ。

「ええ。あなたこそ大丈夫？」

「平気だよ」

「そうは見えないわ。無理しなくていいのよ」

腕を回して抱きしめると、エンデュミオンは溜息をついた。

「……そうだな。正直、ちょっと参った」

ヴァイラント卿が自ら命を断った、その日の夜遅く。ふたりは仮住まいとした黄水晶館《シトリン》の一室でベッドのなかで寄り添っていた。

あれからゾフィーはメイドのリタと複数の護衛官に付き添われてこの館に戻った。エンデュミオンはいろいろとすることがあるから、と公邸に残った。心配だが自分にできることもなさそうなので、居館を整えて待つことにした。

黄水晶館《シトリン》はほとんど使われていなかったので、家具には埃《ほこり》よけの白い布がかけられていた。

それをひとつひとつ外し、窓を開けて空気を入れ換え、庭から薔薇を摘んできて飾った。

休んでいるようリタにも言われたが、身体を動かしていたほうが気が紛れる。いくら悪人でも、目の前で死なれるのはやはりショックだった。

エンデュミオンが戻ってきたのは夜更けになってからで、さすがに疲れた様子だった。一緒に風呂に入ろうとせがまれて入浴したが、手出しはされなかった。彼はただ背中からゾフィーを抱きしめ、ぼんやりと考え込んでいた。ゾフィーも黙って寄り添っていた。ベッドに移って一息つき、ようやく彼は気を取り直した。後始末で一日中大変だったに違いない。

「……できることなら詫びのひとつも聞きたかったんだが……。甘かったな」

溜息混じりに彼は呟いた。

ゾフィーが火事に巻き込まれなかったのは、エンデュミオンによって連れ出されていたからだ。クリスティーナの騒ぎで疲れ果て、ゾフィーはぐっすり眠り込んでしまった。それをエンデュミオンが運び出し、黄水晶館《シトリン》に移したのだ。騒ぎの後すぐ、とりあえず寝室をひとつ使える状態にしておくようにと信頼のおける召使に指示しておいた。

ゾフィーには護衛をつけ、自分はジンと一緒に紫水晶館《アメシスト》を見張った。クリスティーナの大騒ぎが陽動であることは最初から見抜いていた。

案の定、深夜になると物陰に身をひそめていたヴァイラント卿の手下が部屋に油を撒き、火を放った。そして窓から出てきたところを取り押さえたのだ。

犯人は寝室の扉の前にも念入りに油を撒いていた。もしもなかにいたらとても扉に近づけなかっただろう。想像してゾフィーは身を震わせた。

「まさか、火をつけるなんて……」

「その夜のうちに何かしかけてくるとは思ったが、放火するとまでは考えなかった。あの父娘《おやこ》は手段を選ばなすぎて想像を絶するよ」

朝になって黄水晶館《シトリン》で目覚めたゾフィーは、紫水晶館《アメシスト》が火事になったと聞いて仰天した。その後、モーリス司祭がヴァイラント卿の執務室に入ったと見張りから連絡を受け、エンデュミオンとともに様子を窺っていたのだ。

「モーリス司祭のことは知っていたのね？」

「ヴァイラント卿に何か弱点はないものかと調べていて、怪しい動きに気付いたんだ。モーリスが本当に父の兄の子なら、それ相応の処遇が必要かと思ったが、よくよく調べると赤の他人だった」

「あの人は悪い人ではないと思うわ」

「ああ、善良で真面目な人物だよ。ちょっと気が弱いけれどね」

モーリスは自分が聖公爵家と関係ないとわかって心底ホッとしていた。司教秘書を続けたいとの希望だが、現在の司教はヴァイラント卿と怪しい繋がりがあることが判明している。近々別の人物と入れ替わるだろうが、モーリス自身は連座していないのでそのままとする。

「援助しつつこれまで放っておいたのは保身のためなんだろうが、まぁよかったと思うよ」

ゾフィーは頷いた。結局、真の黒幕には永遠に逃げられてしまったが、手下の証言で彼の悪事を明らかにすることはできそうだ。エンデュミオンの両親が亡くなった事故の真相も。

「……両親の仲が最初からぎくしゃくしていたのは、子どものことがあったのだと思う」

　ぽつりとエンデュミオンは呟いた。

「父と婚約したとき、母はすでに伯父の子を身ごもっていた。まだ結婚はしていなかったから、その子は後継者とは認められないが、存在を知られるのはやはり体裁が悪い。服喪期間中に遠方でひそかに子どもを産み、母は父と結婚した。承知の上でもやはり父はおもしろくなかったろうな。ぎくしゃくするのも当然だ」

「でも、考えを変えたのでしょう？　一からやり直そうと」

　ゾフィーの言葉にエンデュミオンは微笑んだ。

「ああ、そうだな……。両親にゾフィーを紹介したかったよ。あの事故がなければ、別荘で両親に願い出るつもりだったんだ。将来ゾフィーと結婚したいと」

　ゾフィーは赤くなってうろたえた。

「でもわたし、あのとき九歳かそこらよ……？」

「俺は十三歳だった。婚約するにはちょうどいい年頃だろう？」

　サリエルの口調になって彼は悪戯っぽく微笑んだ。

「ま、本音を言えば早いとこ唾をつけておきたかった、ってとこかな」

　ニヤニヤする『悪魔』を軽く睨む。彼は機嫌を取るようにゾフィーの顎を掬《すく》った。

「睨む目つきも可愛くて好きだ」

衒《てら》いのない言葉にますます赤くなってしまう。

「……もしもそれが実現していたら、許されたと思う？」

「そりゃ、息子の『恩人』だからな。だめと言うわけがない」

ちゅっと唇を甘く吸われる。

「ゾフィーは？」

「え？」

「プロポーズしたら、承諾してくれた？」

ゾフィーは小さく肩をすくめた。

「そうね、最終的には、たぶん。ただ、その前に……」

「なんだ？」

「いーっぱい文句垂れてたと思うわ！　だって嘘つかれてたんだもの」

「――うん。当然だな。ごめんよ」

神妙な顔で謝る彼が、なんだかとても可愛いと思ってしまう。もしその婚約が実現していたら……と口にしかけてやめた。それは彼の両親が生きていたら……と同じことになってしまう。彼の悲しみをかきたてるだけだ。

親子三人、本当の家族としてやり直そうとした矢先の悲劇。彼が失ったものはあまりにも大きい。両親ばかりか自分自身さえ失って、必要のない罪悪感を持たされた。それは悪魔《サリエル》を封じ込めるほど重たいものだった。

「あなたが窒息しなくてよかった」

「ゾフィーがいてくれたから、な」

彼はほろ苦い笑みを浮かべた。

「思い出せなくても、ずっと心の奥にいてくれた。……時々、夢を見たよ。夢のなかで俺は大好きな女の子と一緒に笑ってて、とても幸せだった。目が覚めるとその子の顔をどうしても思い出せなくて……泣いたな」

トン、と軽く彼の肩にもたれる。

「おかえりなさい」

「うん……。とんでもない遠回りをした。ゾフィーが誰かと結婚してなくてよかったよ」

「空気な奴でよかったでしょ？」

「ああ、ゾフィーは俺のきれいな空気だ。深呼吸したくなる空気。太陽と風と野の花の香り。いつも新鮮で、爽やかで、懐かしい香りの空気だ」

「そんなふうに言ってくれるの、あなただけよ」

ぎゅっと抱きしめられてゾフィーは笑った。

唇が優しく重なる。ゾフィーは彼の唇をついばみながら囁いた。

「あなたにいっぱいキスしたい」

「うん、してくれ」

引き寄せられ、彼に覆《おお》い被《かぶ》さるような恰好で繰り返しくちづける。幸福そうに微笑みながらエンデュミオンはゾフィーの背を撫でた。

「なんて素敵なご褒美だろう。ゾフィーが俺にキスしてくれるとは」

くすくす笑いながら唇を重ねているうちに体勢を入れ換えて彼がのしかかってきた。その確かな重みにゾフィーはうっとりと溜息を洩らした。

滑り込んできた舌を素直に受け入れる。ちゅくちゅくと鳴る水音にほんのりと頬を染め、彼の肩甲骨をそっと撫でた。こうしているだけですごくドキドキする。同時に深い安堵も感じた。

(やっぱりわたし、このひとが好きなんだわ)

神々しい聖者様《エンデュミオン》も、俺様な悪魔《サリエル》も、どちらも大好き。両方とも彼だから。ううん、両方揃ってこそ彼なのだ。コインの裏表のように。

値段のつけようのない、この世でたったひとつの貴重な金貨。それをわたしは手に入れた。

キラキラとまばゆい金貨。ずっしりと重い金貨。何者にも替えられない唯一無二の宝物——。

いつのまにか彼の手がナイトドレスの裾から忍び込み、優しく胸を愛撫していた。あたたかな掌に包み込まれ、やわやわと揉みしだかれる。

「ぁ……」

心地よさに、腿をすり合わせながらゾフィーは溜息をつく。乳首を摘まれ、きゅっとひねられると、直結してるみたいにぴりりと花芯の根元が疼いた。

「ゾフィーは乳首、弱いよな」

そそのかすように甘く囁くサリエル。

「んッ」

唇をふさがれ、巻き付けるように舌を絡めてにちゅにちゅと扱《しご》かれる。じゅわりと唾液が湧いて、蜜洞の奥処が疼いた。舌を吸われながら乳首を弄られただけで、ゾフィーは軽く達してしまった。

「もう達《イ》っちまったのか。気が早いな」

くすくす笑われて顔を赤らめる。揶揄する口調すら甘くてぞくぞくした。

「はぁ……ん……」

はしたなく花弁が震える。熱い蜜があふれてくるのを感じた。瞳を潤ませ、もじもじと腰を揺らすゾフィーに彼は目を細めた。

「そんなに感じる？」

「ん……、きもちぃ……すごく……」

ちゅう、と褒めるように唇を吸われた。

「ゾフィーは可愛いなぁ。目をとろんとさせて腰を振ってる姿、たまらない」

なんだかひどくいやらしい褒められ方をされてる気がしたが、とっくに理性は蜂蜜みたいに蕩けていて、かえって秘処が疼く。

「どれ、見せてみろ」

サリエルは立てさせたゾフィーの膝をぐいと大きく割り広げた。濡れ溝が外気に触れてぞくんとした拍子に、蜜溜《だ》まりから熱い雫がこぼれ落ちる。唇を一舐めし、欲望にかすれた声で彼は囁いた。

「すごいな、とろとろにあふれてきてるじゃないか。……美味そうだ」

「ひんッ」

いきなり淫唇に吸いつかれ、じゅっと音をたてて愛蜜を啜られる。ゾフィーは慌てて頭をもたげ、男の肩を揺すぶった。

「だ、だめっ。そんな音立てないでっ」

懇願を無視して、サリエルはじゅるじゅると媚液を啜った。尖らせた舌を突き入れ、さらに蜜を誘いだそうと花襞を舐め擦る。

「ひっ、あっ、あぁんッ！　や……んぁ……あぁあっ……！」

びくりと肩をすぼめてゾフィーは喘いだ。舐めながら吸われると敏感な花弁が激しく疼き、たちまち追い上げられてしまう。

顎を反らし、背をしならせてゾフィーは絶頂した。快感の波が徐々に引き、悦楽の涙で重くなった睫毛を、ぼんやりと瞬く。

ひくんひくんと痙攣を繰り返す蜜口に、固いものが押し当てられた。ふくらんだ先端が、ぬぷりと侵入する。張り出したえらで襞をひっかけるように浅い抽挿を繰り返され。ゾフィーはもどかしげに腰を振った。

「や……、おく……っ」

「奥処を突いてほしいのか？」

焦燥が羞恥をしのぎ、ゾフィーはこくこくと頷いた。とたんに、ずんっと重い衝撃が腹底に響く。一気に根元まで挿入した雄茎で、突き当たった箇所をぐりぐりと擦られる愉悦に、ゾフィーはあられもない嬌声を上げた。

「……どうだ？　気持ちいいか」

「いぃっ……！　あ……、すご……ぃ」

腰を突き入れられるたびに目の前でチカチカと火花が弾ける。急速に快感が高まり、あっというまに恍惚を極めてしまう。あっさりと三度も達《イ》かされて、ゾフィーの潤んだ瞳からほろほろと涙がこぼれた。

雫を丁寧に舐め取り、深く身体を繋げたままサリエルは何度もゾフィーにくちづけた。

「ゾフィー、可愛い」

甘やかす声音で囁かれる。飽きることなくちゅっちゅとキスを繰り返す彼の背をゆっくりと撫でた。可愛いのは彼のほうだ。まるでじゃれつく仔犬のよう。くすぐったくて、嬉しくて、笑いだしそうになる。

「後ろを向いて」

やっとくちづけを切り上げた彼に促され、ゾフィーはのろのろと身体を裏返した。絶頂の余韻でまだ手足に力が入らない。サリエルはゾフィーの腰を引いて四つん這いにさせた。

「や……、何……？」

肘で上半身を支えながら肩ごしに振り向くと、ニッと笑ったサリエルが白い双丘を掴んでぐっと広げた。

「ひゃッ⁉　だ、だめ」

焦ってゾフィーは身じろいだ。そんなことされたら後孔まで丸見えになってしまう。だがサリエルはかまうことなく尻朶を押し広げ、ぱくりと開いた蜜口に猛《たけ》る太棹を滑り込ませた。

ぐぐっと付け根まで押し込んで、先端近くまで引き抜き、またぐぷりと挿入する。はぁっ、と彼は熱い吐息を洩らした。

「ああ、気持ちいいな……」

ぐっぐっ、と勢いをつけて抽挿されると今までとは違う場所が刺激され、新たな快感にゾフィーは甘い悲鳴を上げた。

「ひぁあん、やンッ……、んッ、くふ……」

腰を打ちつけられるたび、肌がぶつかりあってぱしんぱしんと淫らな音が上がる。まるでお尻をぶたれているみたい……。倒錯した快感に羞恥と昂奮を掻《か》き立《た》てられる。感じるのは痛みではなく、濡れた隘路を擦られる愉悦と蕩けるような甘い疼き。肘に力が入れられなくなり、ゾフィーはリネンに突っ伏した。

（や……、何これ……。気持ち……ぃ……ッ）

気がつくと、彼の動きに合わせて淫らにお尻を揺すっていた。掻きだされた愛液がしぶき、たらたらと腿を伝う。リネンに押し付けられた唇から、熱い喘ぎとともに唾液がこぼれ落ちた。

「んッ、んッ、んぅ……、はぁ……、ぁん……」

下腹部がきゅうきゅう戦慄き、花筒を前後する熱杭を締めつける。背後でサリエルが歯噛みするような呻きを洩らした。

「……っく」

汗ばんだ臀部《でんぶ》が、びくっ、びくんと揺れる。恍惚としてゾフィーはリネンを握りしめた。

サリエルは、くたりと力の抜けたゾフィーの腰を引き寄せると、自分の上に座らせた。自重で怒張を深く呑み込んで、ゾフィーの身体が不規則に揺れる。

「ふ……ぁ……」

立て続けの絶頂に意識が朦朧となった。何も考えられず、ただ下腹部から沸き上がる快感に陶然とする。

サリエルはゾフィーの乳房を揉みしだきながら繋がった腰をゆったりと突き上げ、押し回した。ゾフィーはうっとりと溜息を洩らした。

（気持ちいい……）

背中が彼の厚い胸板と引き締まった腹部にぴったりと密着しているせいか、すごく安心感がある。掌で乳房を包まれているから、余計に包み込まれる感覚に浸れた。愛されていることが全身から伝わってくる。

ゾフィーは振り向いて彼にキスした。優しく唇を食みながら彼が囁く。

「気に入った？」

「ん……」

素直に頷くとサリエルは目を細め、大事そうにゾフィーの唇を吸った。

「愛してる、ゾフィー」

「わたしもよ」

心を込めて囁きを返す。ずっと側にいたい。彼にたくさんのものをあげたい。四つ葉のクローバーのそれぞれの葉が意味するもののすべてを。

彼を一目見た瞬間、この人の側にいられたら……と願っていた。エンデュミオンはまるで降り注ぐ陽光のようで。傍らにいるだけで優しくてあたたかな気持ちになれる。サリエルはそんな太陽を悪戯に遮る気儘《きまま》な雲のよう。

そうやって時々雲に隠れるから、太陽の輝きは増すのだと思う。それに、気儘な雲もおもしろい。びっくりさせられたり、考えさせられたり。時には感心させられることもあったりして。

「あなたが大好き」

「――うん。俺もゾフィーが大好きだ」

ぎゅっと背中から抱きしめられ、こめかみに唇が押し当てられる。この感覚がすごく好き。

彼が腰を前後させ、こつんこつんと奥処をノックする。そうしながら丁寧に鞘《さや》を剥いて花芽をくりくりと転がされた。ゾフィーはリネンに膝立ちして、熱い吐息を洩らしながらなまめかしく腰を揺らした。

そうしてまたゾフィーを絶頂させると、サリエルは一旦己を引き抜いた。優しくリネンに身体を横たえ、腰を持ち上げると淫蕩《いんとう》に戦慄き続ける蜜襞へと分け入る。蕩けきった花弁はにゅ

くりと屹立《きつりつ》を呑み込み、貪婪《どんらん》に絞り上げた。

もうずっと絶頂感が続いて途切れることがない。深くのしかかって突き入れられると身体が二つ折りになって、自分の爪先が空中で頼りなく揺れているのがぼんやりと見えた。唇からは甘い嬌声がひっきりなしに洩れ、押し寄せる快感の波に攫われてわけがわからない。今までで一番深い絶頂が訪れ、目の前が真っ白になった。つかのま、互いの息づかいさえ聞こえなくなる。

胎内で熱い飛沫が弾けた。サリエルが腰を打ちつけるたびに奔流が押し寄せ、めくるめく快感に陶然となる。どくどくと注がれる熱液で、とろけた襞が甘く痺れた。

目許に優しいキスが落ちる。覗き込む蒼い瞳を見返して、ゾフィーは微笑んだ。愛おしさと幸福感が胸いっぱいに広がった。

広い胸板に包み込まれ、ゾフィーはとろとろと眠りに落ちていった。


ヴァイラント卿の死とともに、彼に媚《こ》びへつらっていた枢密卿たちは全員聖職者の身分を剥《はく》奪《だつ》、追放された。

代わって、遠方に追いやられていたゾフィーの父クリーゼル卿と他のふたりが要請に応えて聖王庁に復帰した。この三人とエンデュミオンとで、新たな枢密会議のメンバーを選定しているところだ。無理に定数に合わせるのではなく、その権限と責任にふさわしい人物をじっくりと選ぶつもりだという。

クリスティーナは母親と妹とともに母の実家である侯爵家に身を寄せた。肩身の狭い思いをすることになるのは必定だ。風の便りによれば父親の自殺ですっかり放心状態だとか……。

取り巻きの令嬢たちもそれぞれの実家で謹慎させられている。親たちはこれから始まる人事刷新をいかに生き延びるかで手一杯。娘が聖王の婚約者にとんでもない無礼を働いた以上、ひたすら平身低頭するしかない。

改革が一朝一夕に行かないのはエンデュミオンもよくわかっている。ヴァイラント卿の専横は父の代から十数年にもわたり、内部にはびこる腐敗は広範囲に及んでいる。

当然ながら抵抗も大きい。それに屈せず毅然と大鉈《おおなた》を振るうエンデュミオンを、側で支えたい。ゾフィーは改めてその決意を固めた。

そして、聖公爵エンデュミオンの婚約者として正式に発表され――。

三カ月後、美しく晴れ渡る初秋の空の下、盛大な結婚式が行われた。


「――すごく綺麗よ、ゾフィー」

感極まった妹の声に、ゾフィーは微笑んだ。花嫁の控室にはエミリアの他にリタと数名のメイドがいる。いずれも人事の刷新で新たに公募したなかから選ばれた者たちだ。

この三カ月で聖王庁は大きく変わった。まだまだ改革は始まったばかりだが、ヴァイラント卿の軛《くびき》を脱したエンデュミオンは聖務にもこれまで以上に精力的に取り組んでいる。サリエルはやたら偽悪的な態度を取るけれど、聖教会を率いる代表としての自覚はちゃんとあるのだ。

今までが力ずくで頭を押さえられていたわけで、それがなくなったエンデュミオンはまさに水を得た魚のごとく実力をいかんなく発揮している。それは以前から彼を買っていたゾフィーの父でさえも驚嘆するほどだ。

ゾフィーに続いて、エミリアも交際相手と正式に婚約した。式は一カ月後に行われる予定だ。婚約者のリシャールは怪我も癒え、近衛将校として王城勤務に復帰している。

「ゾフィー様、そろそろお時間です」

リタの声に、話し込んでいたエミリアが席を立つ。

「じゃあ、また後でね」

式の後の披露宴には、エミリアとその婚約者、エミリアが世話になっている伯父夫婦も招かれている。司祭の兄夫妻、学生の弟ももちろん来ている。外国に嫁いだ姉にも招待状を送ったが、臨月なので残念だけど遠慮すると返事が来た。子どもが生まれたら家族で訪問すると約束してくれたのでそれを待つのも楽しみだ。

エミリアは立ち上がったゾフィーの手をぎゅっと握った。

「ふふっ、わたしの言ったとおりになったでしょ。最初にふたりが出会ったときから予感してたのよ。転んだゾフィーの顔を拭いて、鼻の頭にちょんとキスする聖公子様を見たときからね。ああ、このふたり、将来絶対くっつくな、って確信したの」

悪戯っぽく笑う妹に、ゾフィーは呆れ半分に照れ笑いした。

「すごい予知能力ね」

「……幸せになってね、ゾフィー。いつまでも、聖王様のいい空気でいてあげて」

「ええ、そのつもりよ」

エミリアは姉の頬にキスすると控室を出ていった。

リタにドレスやヴェールの具合をもう一度確かめてもらってから式を執り行う大聖堂に入った。枢密卿の正装をした父と腕を組んで祭壇へと歩を進める。祭壇までは赤い絨毯が敷かれ、両脇に王族を始めロファール王国の重鎮がずらりと並んでいるので緊張してしまう。

教会のトップである聖公爵自身の結婚は、父親が存命でなければ枢密卿のひとりが式を司る慣例だ。十一名中八名が除名され、新しい人材は未だ選定中。現在三名だけの枢密卿のうちひとりは花嫁の父なので、残るふたりが共同で式を執り行うことになった。

聖王庁から追われても己の信念を変えなかったふたりの司祭は、その経歴からすると意外なほど柔和で穏やかな顔立ちだ。

祭壇の前に立つエンデュミオンは金糸で刺繍を施した白い祭服に身を包んでいる。丸い天窓から射し込む光を受けて、その姿はまさしく光り輝くようだ。この人と結婚するんだ、と思うと、なんだか恐れ多いような気持ちが込み上げる。

差し出された腕におずおず手を添えると、ひそっと耳元で囁かれた。

「そう緊張するなって。ゾフィーが結婚するのは俺だぞ?」

「そ、そうね」

結婚するのはサリエル。完全無欠の聖者様ではない。

だってそれは幻想だもの。でも、その幻想は人々の心の支えになる。ゾフィーもふくめて。

ただゾフィーにはそれが幻想だとわかっているというだけ。

結婚式は通常と同じ手順で進む。結婚するのは俗人としての公爵だから。誓いの言葉を互いに述べ、お揃いの金の指輪を嵌める。キスを交わすと、列席者から歓声と拍手が巻き起こった。

向き直ってふたりで一礼する。さらに拍手が大きくなった。

腕を組んで赤い絨毯をゆっくりと引き返した。式のあいだ閉ざされていた大扉が開かれ、陽光とともに人々の歓声がふたりを出迎える。


いつまでも、わたしの大好きなこの人が光り輝いていられるように。

いつまでも、わたしは大好きなこの人の綺麗な空気でいたい。

太陽と風と野の花の香り。

いついつまでも、そんな深呼吸したくなる空気でいられますように――。

あとがき

このたびは『腹黒聖王様の花嫁は、ご辞退させていただきたく』をお買い上げくださり、まことにありがとうございます。お楽しみいただけましたでしょうか？

ガブリエラ文庫ではこれまで同一世界観のヴァジレウス帝国シリーズを書かせていただきましたが、今回は完全に別の世界のお話となっております。ヒーローが聖職者というのは初めて……かな？　妻帯可なので背徳感はあんまりないですが……。例によってヒーローにはややこしい家庭事情があったりして、それをしっかりもののヒロインがサポートしていく、ちょっとしんみりなところもあり、な溺愛ラブコメを目指してみました。

イラストは『強引すぎる王子様に執着されて逃げられませんが幸せです。』に続いて氷堂れん先生にお願いしました。ちょっとした違いでヒーローの裏表が描きわけられていて、絵描きさんって本当すごいな〜と感心してしまいました。美味しい空気なヒロインも可愛いです！

いつもお世話になっている編集さんを始め、大勢の方々のお力添えでこうしてまた本を出すことができました。読者の皆様にひとときでも楽しい時間を提供できましたらさいわいです。ありがとうございました。

小出みき

ガブリエラ文庫

MSG-074

腹黒聖王様の花嫁は、ご辞退させていただきたく

2019年2月15日　第1刷発行

著　者　小出みき　©Miki Koide 2019

装　画　氷堂れん

発行人　日向 晶

発　行　株式会社メディアソフト
〒110-0016　東京都台東区台東4-27-5
tel.03-5688-7559　fax.03-5688-3512
http://www.media-soft.biz/

発　売　株式会社三交社
〒110-0016　東京都台東区台東4-20-9　大仙柴田ビル2F
tel.03-5826-4424　fax.03-5826-4425
http://www.sanko-sha.com/

印刷所　中央精版印刷株式会社

小出みき先生・氷堂れん先生へのファンレターはこちらへ
〒110-0016　東京都台東区台東4-27-5
(株)メディアソフト ガブリエラ文庫編集部気付 小出みき先生・氷堂れん先生宛

ISBN　978-4-8155-2021-2　　Printed in JAPAN

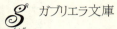